50의
우아한
수다

'지천명'에 얽매이지 않는
오직 나를 위한 시간

홍선희 산문집

50의
우아한
수다

책엔

'나'라는 빛나는 브랜드를 빚어내는 날들

'50의 우아한 수다.'

제목을 쓰며 잠시 머뭇거렸다. 영원히 어른이 되지 않기에 늘 가벼운 날개를 펴고 날아오를 수 있는 피터팬을 부러워하며 누가 봐도 젊음에서 멀어져간 나이임에도 불구하고 나는 아직도 어른이라는 말이 부담스럽다. 그런 내가 기품 있고 아름답게 삶을 관조하고 성찰할 수 있는 어른들의 '우아한 수다'를 떨 수 있을까 싶었기 때문이다. 그러나 수다를 떤다는 건 매일 해도 질리지 않는 즐거움이며 아이들만큼이나 지극히 솔직하고 편안한 소통이다. 수다는 자연스럽고 익숙한 행위이며 서로의 속살이 스쳐 닿을 듯한 민낯과도 같은 이야기이다. 우아함이라는 신비한 세계는 다양한 각도에 따라 해답을 달리 존재하게 한다. 그 안에 담긴 은밀한 언어들을 내 안으로 불러들여 본다.

모두가 경험해보지 못한 코로나 팬데믹 상황을 겪으며 이제는 잃어버린 소소한 일상이 그리워지는 날이다. 좋은 사람들과 옹기종기 둘러앉아 함께 맛있는 음식을 나눠 먹고 신나게 수다를 떨며 웃고 울던 당연하게 생각했던 그 시간이, 평범하지만 더없이 소중했던 작은 공간이 그리워지는 날이다. 익숙한 것들과 이별하며 소멸되어 가는 것들을 바라본다. 상실감에 무던히 아파하면서도 모퉁이를 돌면 기다리고 있을 것만 같은 아직 살아보지 않은 또 다른 새로운 세계를 궁금해한다.

앞으로 살아가야 할 날들의 무게만큼이나 지나온 날들이 먹먹하게 가슴에 내려앉을 때면 살아온 그 시간과 공간 속에 담긴 이야기들이 노을빛 석양처럼 찬란하게 스며든다. 물리적인 거리와 흐르는 시간조차도 어찌하지 못하는 내 안의 원형이며 눈부신 삶의 갈구이다. 되돌아보면 내게 삶은 매 순간 어여뻤으며 한순간도 의미 없는 날이 없었다. 지나온 시간 안에서 그 어느 하루도 눈부시지 않은 날이 없었으며 슬픔조차도 살아 숨 쉬고 있다는 뜨거운 증표였다. 그 안에서 나는 언제나 꽃처럼 지고, 또다시 피어나고 있었다. 삶의 모든 순간이 주는 의미와 이유 안에서 웃고, 울고, 때론 두려워하면서도 다시 일어나 용기 내어 걷는 작은 내가 내 안에서 숨 쉬고 있었다. 피터팬만큼이나 조그만 날개를 파닥이며 세상을 향해 쉼 없이 날갯짓하고 있었다. 그리고 이제야 비로소 세상에서 가장 어여쁘고 소중한 '나'라는 빛나는 브랜드를 만나고 있다.

소설가 박민규는 말한다.

'좋은 글은 두 가지로 나뉜다. 노인의 마음으로 쓴 소년의 글이거나 혹은 소년의 마음으로 쓴 노인의 글이다. 이건 투명한 밤하늘만큼이나 명료한 기준이며 그 나머지엔 모두 아차상을 주겠다.'

쓰고 싶었다. 소년의 마음으로 쓴 노인의 글을. 열아홉 소녀의 마음처럼 오십에도 살아 숨 쉬는 작고 어여쁜 내 안의 이야기들을.

"마음대로 걸어라, 자신만의 걸음을 찾아 너만의 보폭, 속도, 방향, 네가 원하는 대로. 그것이 자랑스럽든, 바보 같든 상관 말고 걸어보아라!"

영화 〈죽은 시인의 사회〉에서 키팅 선생님이 제자들을 바라보며 한 말이다. 나도 그렇게 말하고 싶다. 나 역시 그리 살아왔고 앞으로도 그럴 것이기 때문이다. 의학, 법률, 경제, 기술은 삶을 유지하는 데 필요하지만, 시와 아름다움, 낭만과 사랑은 그 자체가 삶의 목적이라던 그의 말처럼 삶을 유지하며 목적 또한 잃고 살지 않으려 한다. 그것이 살아 있음을 더 황홀하고 기쁘게 만든다는 것을 알기 때문이다. 그것이 내 안의 평화와 맞닿아 있다는 것을 느끼기 때문이다.

도전, 꿈, 용기, 사랑은 유한한 시간 속에 삶의 반환점을 돌은 중년의 나이에도 여전히 유효하다. 살아 있는 한 그렇다. 가장 나다운 모습으로 현재 살아 있음을 즐기는 것, 욕망에 솔직하기에 늘 꿈꾸며 사는 것, 내 마음이 건네는 작은 속삭임을 외면하지 않는 것, 그리고 여전히 사랑하며 사는 것. 이 책은 그것에 대해 나직이 건네는 이야기이다.

겨울이 시작되면 낮이 짧아지고 해가 빨리 진다. 삶도 그렇다. 지나온 시간이 길어질수록 남은 시간은 더 빨리 사그라든다. 그렇기에 중년을 지나면 마음을 담은 삶의 농도는 더 진하고 깊어져야 한다. 시간은 유한하지만, 마음과 생각은 무한하다. 시간의 방향과 속도가 살아가는 동안 일정하지 않듯이 그 농도 또한 다르다.

해가 지는 늦겨울 오후에 가만히 바라본 서쪽 하늘은 생명의 풍요로운 아름다움을 보여준다. 많은 계절을 만나고 보낼수록 더 다채로운 아름다움을 보여주고 있다.

'젊은 날엔 젊음을 모르고, 사랑할 땐 사랑이 보이지 않았네'라는 노랫말처럼 시간이 지나야만 비로소 아름다운 풍경이 되는 것들이 있다. 나이 듦이 서럽지만은 않은 것은 가려진 것들 사이에서 아름답게 빛나는 것을 발견하고 그것들을 향해 다정한 눈빛을 보내게 되는 날이 더 많아지기 때문이다.

《50의 우아한 수다》는 그 풍경 속으로 걸어 들어가 그 안에 서 있는 우리 모두에게 전하는 진심이며 다정한 인사이다. 정성껏 준비한 요리 같은 이야기이다. 어느 글은 특선 요리처럼 맛있게 느껴지고 어느 글은 실패한 요리처럼 마음에 들지 않을 수도 있다. 너무 밋밋하여 싱겁기도 하고, 시큼털털하여 입에 맞지 않을지도 모른다. 그러다 내 입맛

에 꼭 맞는 맛난 음식을 동그란 테이블에 마주 앉아 함께 나
누어 먹는 듯한 기쁨도 만나게 될 것이다.

그냥 그랬으면 좋겠다. 마음과 마음이 맞닿는 곳에서는
공감해주고, 때로는 알록달록한 펜으로 밑줄도 그어주고,
재미난 이야기는 방긋 웃어주고, 가슴 시린 이야기는 함께
아파했으면 좋겠다. 따뜻한 아랫목 방구석에 모여 앉아 사
소한 이야기로 가벼운 수다를 떨 듯 편한 마음으로 주고받
는 이야기였으면 좋겠다. 그래서 계절을 맞이하고 보낼 때
마다 내 안에서 사라지고 흩어져가는 마음을 잘 다독여줄
수 있었으면 좋겠다.

글은 늘 나를 직시하게 하고 겸허를 인식하게 만든다. 지
나온 시간을 되돌아보고 앞으로 다가올 기다림의 시간에
대해 알게 해준다. 그 진심 어린 마음 위에 여기까지 꿋꿋
하게 잘 걸어 온 '나'라는, 세상에서 가장 어여쁘고 소중한
존재를 향한 응원과 사랑을 온전히 담아본다. 인생의 2막

앞에서 황홀한 석양빛처럼 찬란하게 물들어갈 남은 날들을 조용히 그려본다.

바람 한 자락에도 꽃내음이 담겨오길 기다리는 계절이다. 곧 나에게 올 세상 모든 것과 따사로운 눈 맞춤을 하기 위해 마음 안에 온기를 품고 있어야 할 날들이기도 하다. 지나온 시간과 공간, 그 안에서 살아 숨 쉬는 그리움의 언어들이 앞으로 살아갈 날의 사랑과 설렘으로 변주되길 바라며 이 책이 세상의 작고 어여쁜 모든 이들의 마음에 한 줌 햇살처럼 따사롭게 비추어 줄 수 있었으면 한다.

– 2022년, 문득 떠오른 당신을 생각하며

홍선희

목차

겨울, ___ 햇살이 머무는 곳에 서 있습니다

2부

봄, ___ 여전히
      사랑하고 있습니다

3부

여름, ___ 마음을 산책시키고
돌아오는 길입니다

4부

가을, ___ 우체국 앞에서 오늘도
편지는 부치지 못했습니다

1부

겨울,
햇살이
머무는 곳에
서 있습니다

살아
있다는
건

강을 거슬러 오르는 연어는 깊은 물을 만나도 주저함 없
이 힘찬 몸짓으로 헤엄쳐서 나간다.

여린 풀잎도 바람에 흔들리며 제 몸을 뉘어도 다시 연연
히 살아 숨 쉰다.

작은 꽃 한 송이도 꽃가루를 날리며 바람에 자신을 실어
나른다.

그렇게 모두 자신의 계절을 만난다.

살아 있다는 건 주어진 생명을 부여잡고 견뎌내는 것.

거친 들숨과 날숨을 고르며 살아내는 것.

그저 각자에게 주어진 몫만큼 기쁘게 사는 것.

그래서 기어코 나의 계절을 만나고야 마는 것.

첫눈이
가져야 할
책임감

창문 너머 회색빛 하늘과 구름 사이에 가려진 하늘을 바라본다. 왠지 첫눈이 내릴 것만 같아 자꾸만 고개를 들어 하늘을 쳐다보게 되는 날이다. 며칠 전 첫눈이 내렸다는 소식이 뉴스로 전해졌다. 아무리 생각해봐도 이건 명백한 첫눈의 잘못이며 무책임한 일이다. 새벽 4시 어둠 속에서 보이지도 않게 살짝 흔적도 남기지 않고 사라진 눈을 첫눈이라고 하기엔 너무 억울하기만 하다. 첫눈은 속보가 아니다.

내 눈에 보여야 첫눈이다.
내 손에 사뿐 올려져야 첫눈이다.

내 맘에 쌓여야 첫눈이다.

강아지만 첫눈을 기다리는 건 아니다. 군밤과 붕어빵 파는 아저씨만 첫눈을 기다리는 것도 아니다. 저마다의 사연을 품고 사는, 세상 모든 이들은 겨울 회색빛 하늘 아래서 첫눈을 기다린다. 그렇기에 첫눈은 책임감을 갖고 내려야 한다. 아무렇게나 혼자 보이지 않는 새벽에 슬며시 내렸다가 사라지는 건 무책임한 짓이다. 어느 시인의 말처럼 월요일 아침 서류 더미에 코 박고 있을 때 내리면 안 된다. 첫눈답게 세상 모든 이의 가슴에 쌓일 수 있도록 편안한 날을 골라서 내려야 한다. 그 정도 책임은 가지고 있어야만 한다. 그래야 첫눈이다. 그것이 첫눈이다.

> 내 마음에 첫눈이던 그대
> 넌 언제나 내겐 아득하다
> 내겐 그림 같았던 그대와의 기억
> 아주 오래 기다렸던 선물 같은 하루
>
> — <도깨비> OST, 정준일, '첫눈' 중에서

옛말은 아득하게 지워지고 없지만 내 가슴은 언제나 그

날의 아스라한 시간을 기억한다. 어찌 그것들을 품어야 할지 모르겠다. 나이가 들수록 감당해야 할 것들이 점점 많아지는데 이제 첫눈까지 감당해야 한다. 올해의 첫눈은 또 어찌해야 하나 생각하다 보니 슬며시 웃음이 난다.

몇 해 전 첫눈이 내리던 날 남편에게 카톡을 했다. 첫눈이 내리니 나한테 데이트 신청 좀 해달라고 이모티콘 세례를 퍼부었다. 나이가 몇 살인데 아직도 첫눈 타령이냐며 웃는 남편의 웃음소리에도 작은 설렘이 묻어난다. 첫눈은 그런 거다.

올해는 첫눈 내리는 날 누구에게 만나자고 데이트 신청을 해볼까. 정호승 시인의 시처럼 눈 오는 날에는 좋은 사람을 만나고 싶다. 내가 좋아하는 사람을 만나고 싶다. 내가 좋아하는 사람은 웃음 포인트가 같은 사람이다. 세상을 바라보는 시선과 마음의 결이 같아서 같은 지점에서 함께 웃을 수 있는 사람이 좋다. 그래서 긴긴 겨울밤 날이 새도록 시시콜콜한 이야기를 주고받으며 웃을 수 있는 그런 사람이 좋다. 목차만 봐도 설레는 재미난 한 권의 책처럼 삶이 다양한 읽을거리만큼이나 풍성한 사람이 좋다.

그 사람과 함께 커다란 통유리 창이 있는 멋진 레스토랑에서 쏟아지는 함박눈을 보며 파스타를 포크 위에 가득 올리고 돌돌 말아 입에 넣으면 어떨까. 붉은 빛 말벡 와인을 마시면 어느 순간 한겨울에 피어난 장미꽃 같은 모습이 될까. 따뜻한 꼬치 어묵탕과 도미 안주에 사케를 한 잔 데워 마셔보는 건 어떨까.

그럼 그가 말하겠지.

"너를 생각하는 내 마음엔 언제나 벚꽃이 피어 있어"라고.

한겨울에 벚꽃 고백을 듣고 싶다. 대지에 피는 벚꽃은 봄에만 피지만 한겨울에도 마음속에 벚꽃을 피우는 사람이 있다. 눈 내리는 밤이면 하늘에는 별이 뜨지 않지만 마음에 노란 별 하나 띄워 반짝이게 해주는 사람이 있다.

잠시 즐거운 상상을 해본다. 마음에 첫눈이 너무 쌓여 화이트아웃이 덮쳤나 보다. 시야 상실이 아닌 현실 상실.

성북동,
그 밤의
달빛

광화문을 지나 삼청동을 거쳐 북악스카이웨이 길을 따라 올라가면 북악산 동남쪽에 위치한 작은 동네 성북동이 나온다. 지금은 시티투어 코스까지 생겨날 정도로 유명한 곳이 되었지만, 본래의 성북동은 한적하고 고즈넉한 곳이다. 그리고 내 그리움의 원천이며 시발점인 곳이다. 사람은 대부분 한평생 유년의 기억에 지배받으며 산다. 그 기억이 그리움이라면 그건 분명 축복이다. 그 그리움의 대상이 있기에 가끔 기울어진 협상 테이블에 앉을 때도 나는 당당할 수 있었고, 붙잡고 싶었던 상실의 순간 앞에서도 다정하게 안녕을 고하며 떠나보낼 수 있었다.

성북동에는 이태준의 '달밤'이 있고 그가 사랑했던 공간 '수연산방'이 있다. 만해 한용운이 기거했던 '심우장'이 있으며 백석의 사랑 '길상사' 그리고 내 아름다운 유년의 기억들이 언제나 나를 향해 미소 짓는 우리 집이 있었다. 내가 태어나고 자란 곳이며 부모님과 조부모님의 삶의 터전이었던 성북동은 그래서 내겐 늘 그리움의 대상이며 빛바랜 책들이 가지런히 꽂혀 있는 오래된 서재이다.

달빛 교교한 봄밤에는 라일락 꽃나무 아래 서 있으면 안 된다. 봄밤이 라일락 꽃향기를 온몸을 휘감고 찾아올 때면 만해 한용운의 시가 아프고 절절한 고백으로 다가오기 때문이다. 심우장 가는 길목에 있었던 우리 집엔 유난히 라일락꽃과 아카시아꽃이 많이 있었다. 그때도 지금도 꽃은 여전히 같은 모습과 향기로 피고 지는데 어찌 된 일인지 그 꽃을 바라보는 내 마음은 가끔 감당이 안 될 때가 있다. 미치기 딱 좋은 봄밤이다. 미치고 싶은 날에만 그 아래 서 있어야 한다. 봄밤의 꿈은 원래 그런 것이다. 달뜨고 들뜨고 흩날리는.

상허 이태준이 사랑했던 그의 공간 수연산방은 '산속에 문인들이 모이는 집'이라는 뜻을 그대로 담은 채 지금은 소박하고 아담한 한옥의 모습을 간직한 전통찻집이 되었다.

지난해 가을, 단풍이 노랗게 물들던 어느 날 이곳 툇마루에 앉아 마신 차 한잔의 온기 때문이었을까. 그해 겨우 내내 구들장 위에 불을 지핀 듯 몸과 마음이 따뜻했다.

가을밤 수연산방에 차 한잔 앞에 놓고 앉아 있으면 상허의 작품 〈달밤〉이 생각나고 겨울밤 길상사를 걷고 있으면 아름다운 나타샤를 사랑했던 백석의 이야기가 눈처럼 내린다. 이태준과 백석을 좋아한다. 그들의 삶을 바라보고 있으면 개인의 삶이 정치나 시대 상황에 의해 얼마나 고통스럽게 굴절될 수 있는지가 보여 아프다. 상실의 시대를 살아간 공허한 그 마음에도 늘 달이 떴으리라. 성북동의 밤이 유난히 더 아름다운 건 제 몸속에 고스란히 질곡의 시간을 담고 묵묵히 떠서 어둠을 비춰준 그 만월 때문일 것이다.

붉어진 얼굴로 행여 숨겨둔 맘 들킬까 봐 속만 태우고 바라보던 첫사랑과 걷던 성북동 성당에서 혜화동 마로니에 공원까지의 길. 그곳을 비춰주던 한여름 밤의 달빛은 내게 아쉽지만 거기까지만이라고 넌지시 말해주곤 했다. 한양도성 성곽 위에서 이름을 부르며 달려오던 골목 어귀 친구들의 웃음소리 그리고 지금 와서 생각하면 정말 별것 아니었지만, 당시에는 대단한 별거였던 선배들의 잡다한 인생사가 담긴 술자리도 밤이면 휘영청 밝은 달이 되어 떠오른다.

도넛 모양의 동그라미를 그리며 말아 올리던 선배의 담배 연기는 상파울로의 커피 향보다 더 깊었으며 매일 먹고 싶었던 쌍다리 기사 식당의 연탄 돼지불백도 계절이 바뀔 때면 달라진 바람을 안고 내게 잘 지내냐며 따뜻하고 다정한 인사를 건네 온다.

늦은 밤 버스정류장 앞에 서서 언제 올지 모르는 딸을 마냥 기다리시던 아빠와 달빛보다 더 환하게 비춰주던 아빠의 손전등 불빛, 성당 앞마당에 밤새 소리 없이 내린 폭설처럼 새하얗게 가슴에 쌓인 반짝이는 이야기들, 모퉁이 언덕길에서 내게 내어 준 남편의 듬직하고 넓었던 등의 체온까지 성북동의 봄, 여름, 가을, 겨울 그리고 낮과 밤은 모두 사연을 품은 채 고즈넉하고 아름답게 나를 바라본다.

그래서인가 성북동의 달밤은 늘 마을이 아닌 마음을 조망한다.

점,
어디까지
믿어
봤나요

　홍대 앞 거리를 걸을 때면 즐비하게 늘어선 타로 점집을 만나게 된다. 트렌드를 선도한다는 젊음의 거리에 이렇게 많은 타로 점집들이 있는 게 아이러니하다. 심지어 방송 출연 사진과 연예인들 모습이 담긴 배너까지 빽빽이 세워져 있다. 타로점뿐 아니라 사주팔자, 신점, 관상, 눈동자로 보는 점까지 그 종류도 다양하다.

　몇 번 점을 보러 다닌 적이 있다. 네트워크를 총동원해서 유명하다는 점집을 알아내기도 하고 정말 용하다는 친구의 말에 예약까지 하며 차례를 기다리기도 했다. 마치 비밀결사대를 조직하듯 친한 지인들 몇몇과 은밀한 약속을 하고 각자의 고민거리를 싸 들고 점집으로 향한다.

　타투를 좋아하는 딸을 못마땅해하던 친구는 딸이 피를 봐야만 되는 직업을 가지게 되면 성공한다는 말에 이내 타투숍을 열어주어야겠다고 하고, 취준생 아들 걱정에 잠 못 이루던 친구는 아들 자리가 너무 좋아 대성한다는 점술가의 말에 아들이 좋아하는 은갈치 한 마리를 사서 들고 집으로 간다.

　돈방석을 깔고 앉는다는 말에 흥분해서 한 턱 낸다고 지갑을 여는 친구가 있는가 하면 안 좋은 소리를 들은 친구는 오히려 시름을 덜기는커녕 더 얹어 가기도 한다. 시대가 언제인데 무슨 점이냐며 한심한 눈으로 바라보던 딸은 좋아하는 남자친구와 궁합을 보고 온 후 멋쩍게 웃고 남편은 왜 안 하던 짓을 하느냐고 타박을 하면서도 은근슬쩍 점괘가 어떻게 나왔는지를 궁금해 한다.

　그날, 5평 남짓한 작은 공간에는 묘한 긴장감이 감돌고 있었다. 하얀 옷을 입은 그 모습이 만화책에서 본 신녀님 같기도 하여 저절로 몸과 마음이 다소곳해졌다. 조그만 상 위에 떠 있는 연꽃들에 불을 붙이자 지상 세계에서 떨어져 나와 어디론가 향하는 것 같은 기분이었다.

　나도 모르게 숨을 한번 훅 내뱉었다.

"겉보기에는 드레스 입은 왕비님 같은데… 발바닥에 땀이 마를 날이 없네?"

"아, 네, 제가 좀 많이 열심히 살고 있습니다. 저, 지금 하고 있는 일도 있고 투자를 고민 중인 것도 있는데 잘될까요?"

"아직 때가 안 됐어. 확장할 시기가 아냐."

"음, 그래도 하고 싶은데."

"대운이 받쳐줘야 하는 거지 무조건 하는 게 아니야. 기다려 봐."

"언제까지 기다려야 하나요. 지금이 타이밍 같은데. 그냥 지르면 안 될까요?"

"이 사주는 말년에 모든 복이 다 들어 있어. 그러니 걱정하지 말고 오래 살 생각이나 해. 그 복 다 놔두고 일찍 죽음 억울하잖아."

이어지는 질문에 이런저런 말을 하더니 한 시간쯤 되자 이제 끝내야겠다고 생각했는지 마지막으로 단언하듯 말한다.

"걱정하지 마. 절대 찌질하게 살지 않아. 아주 폼 나고 멋지게 살 거야. 혀끝에서 빛이 나니 얼마나 좋아."

강의하는 사람에게 혀끝에서 빛이 난다는 말은 정말 혹

하는 말이다. 사람을 끌어당기고 머물게 하는 힘이 있고, 주도적으로 앞에서 움직여야 하는 사주라 사업이 제격이라는 말에 또 금세 입꼬리가 씩 올라간다.

어릴 적, 엄마는 동네 아주머니들과 가끔 점을 보고 오셨다. 우리가 대학입시를 앞에 둘 즈음이면, 아빠의 한숨 소리가 들릴 때면, 옆집 아줌마와 속닥거리던 이야기가 길어질 때쯤이면 엄마는 동네 아주머니들과 곱게 차려입고 어디론가 나가셨다. 그리고 다음 날이면 이른 아침 또 부지런히 성당에 가서 성호경을 긋고 신부님 앞에서 고해성사를 보고 오신다. 주기도문 33번을 외우라는 보석을 받아오시는 날에는 부지런히 묵주를 돌리며 잘못을 뉘우치는 주기도문을 암송하셨다. 어린 내게는 도무지 이해가 안 되었던 그 사이클이 몇 번 반복되었다.

이제 팔십이 되신 엄마에게 물어본다.

"엄마, 옛날에 점 본 거 기억나? 세월 지나 되돌아보니 점쟁이 말이 다 맞은 거 같아?"

"아휴~ 몰라, 이젠 그런 거 기억도 안 나."

이내 손사래를 치시며 너는 절대로 그런 거 보고 다니지 말라고 신신당부를 하신다.

유명하고 용하다는 점집의 기준은 뭘까. 아마도 내가 들고 싶어 하고, 믿고 싶어 하는 말을 해주는 곳일 것이다. 나에게 나쁜 말을 해준 곳은 절대 용하게 잘 보는 집이 아니다. 내가 원하는 말이 안 나온 점집은 하나도 맞추는 게 없이 돈만 뜯어가는 엉터리집으로 금세 전락하고 만다. 듣고 싶은 말을 해주는 점집을 순례하듯 찾아다니기도 한다. 자신에게 긍정적인 말을 해주는 점술가가 있는 곳이 가장 용한 점집이기에 용하다는 집도 제각기 다르다.

결국 점이란 그런 자기 위로가 아닐까. 한 치 앞도 알 수 없는 불안한 삶을 살며 벗어나 보고자 하는 작은 소망이 담긴 비현실적 자기 암시 같은 것 아닐까 싶다. 그럼에도 인생의 힘든 순간 앞에서 버텨야만 할 때 믿고 의지할 게 하나는 있어야 할 것이다. 물론 그것이 꼭 점이어야 하는 건 아니다. 점 말고도 위로가 되고 희망이 되어 주는 일은 많으니까. 운명이나 사주팔자를 그대로 철석같이 믿는 것은 더욱 아니다. 그러나 우리에게는 자기실현적 암시가 필요하다는 어느 소설가의 말처럼 꽤나 근사하고 그럴듯한 말로 운명을 암시하듯 이야기하는 그 긍정의 언어가 필요할 때가 가끔 있다.

점. 그것이 맞고 안 맞고는 중요하지 않다. 어차피 우리는 그냥 주어진 오늘을 살 뿐이다. 그 오늘을 버티고 이겨

낼, 조금은 나약한 나에게 주는 작은 위로와 재미로 사용하면 그뿐이다. 오늘을 살아내는 것도 큰 숙제이고 당장 내일 계획된 일도 어긋나기 일쑤이다. 오늘을 잘 살고 내일을 열심히 살다 보면 훗날 운명도 내게 미소 짓고 있을 것이다. 지구상에 존재하는 무수히도 많은 사람의 운명을 그들이 태어날 때마다 신이 미리 정해 지구별로 보내지는 않았을 것이다. 그러기엔 신이 하는 일이 너무 많다.

순수의
길 위에서

'거울아, 거울아, 이 세상에서 누가 제일 예쁘니?'

거울을 볼 때면 동화 백설공주 이야기 속에 나오는 마녀 왕비가 떠오른다. 이른 아침 샤워를 하다 거울을 보고 깜짝 놀랄 때가 있다. 너무 이뻐서 놀라는 거라면 좋을 텐데 문득 거울에 비치는 얼굴이 낯설게 느껴져서이다. 이게 정말 나일까? 진짜 나라고? 내 얼굴이 맞나 싶어 한참을 들여다본다. 우리 말에 '젊다'는 형용사이고 '늙다'는 동사이다. 젊음은 순간이고 늙음은 쉼 없이 지속된다는 뜻이리라. 거울을 보니 정말 쉬지 않고 늙고 있었다. 내가 나에게 주어진 일을 묵묵히 하듯 세월도 그렇게 자기 일을 열심히 하고 있었다. 너무 열심히 하고 있어서 때론 얄밉기까지 하다. 쇠퇴 되어 가다가 결국엔 소멸하겠지. 받아들여야 한다. 어쩌겠는가.

두보의 시 한 구절처럼 봄이런가 하니 어느새 꽃잎은 눈앞을 스쳐 가고 있다. 몸만 늙어가면 다행인데 마음도 감각도 함께 늙어가는 것 같을 때면 아직도 남아 있는 날을 어찌 살아야 하나 살짝 걱정되기도 한다.

오늘은 학원에 앉아 아이들의 글을 본다. 일기 글의 날씨만 봐도 기분이 좋아진다. 나도 다이어리를 펴놓고 아이처럼 혼자 몇 줄 적어본다.

오늘의 날씨 : 돌담길 사이에 노란 꽃을 피운 민들레와 눈 맞춤을 했다. 이내 내게도 봄이 찾아왔다.

오늘의 날씨 : 햇빛이 반짝거린다. 엄마에게 혼나서 눈 밖으로 뛰쳐나온 내 눈물도 함께 반짝거린다.

오늘의 날씨 : 빨간 해님이 벚꽃을 보고 놀랐다. 이게 웬걸! 벚꽃이 너무 아름다워졌다.

오늘의 날씨 : 하얀 구절초보다 내 키가 더 크다. 내일은 코스모스만큼 클 것이다.

잠시 후 초등학교 2학년 지우가 심각한 얼굴로 들어오더니 일기 숙제를 내민다.

6월 4일 수요일
제목: 쓸 것이 없다는 것

쓸 것이 없다는 것은 일주일 동안 아무런 일도 일어나지 않았다는 것
쓸 것이 없다는 것은 기억에 남길 만한 일이 없었다는 것
쓸 것이 없다는 것은 친구와 놀지 못했다는 것
쓸 것이 없다는 것은 게임을 하지 않았다는 것
쓸 것이 없다는 것은 학교-학원-집 쳇바퀴만 돌았다는 것
쓸 것이 없다는 것은 그냥 숨만 쉬고 살았다는 것

한참을 들여다보다가 지우를 보고 빙그레 웃었더니 긴장했던 지우의 얼굴에도 안도의 웃음꽃이 방긋하고 피었다. 이 일기 글을 쓰면서 얼마나 많이 고민했을까. 아이들은 아직 다양한 경험과 사고가 부족하기에 언어적 스키마가 많이 쌓이지 않았다. 그러나 어른들의 글에는 담길 수 없는 것들이 별처럼 반짝이며 빛나고 있다.

아이들의 시선으로 바라보는 세상에 나의 앵글을 맞추는 일이 행복하다. 아이들은 대부분 자신이 쓴 글을 내밀 때 내용보다는 그것을 보는 선생님의 표정을 먼저 살피고 반응을 걱정한다. 나를 곁눈으로 슬쩍 보는 지우의 모습이 내 눈에 담긴다. 따뜻하고 다정한 격려가 필요한 순간이다. 분홍색 볼펜으로 지우의 일기 글 아래 정성껏 댓글을 적는다. 지우의 통통한 볼과도 같은 하트를 그려주는 건 가장 중요한 일이다.

이번에는 초등학교 4학년 은우가 교실 문을 열고 들어온다.

"김은우 어서 와라."

"선생님, 지금 저를 김은우라고 불렀어요?"

"응. 왜?"

"쳇! 선생님 미워요!"

"아니, 왜? 선생님이 뭘 어쨌다고."

"은우야~ 이렇게 부르지 않고 '김은우'라고 불렀잖아요. 나도 이제부터 선생님 싫어할 거예요."

"그게 왜? 뭐가 어때서?"

"그건 사랑하지 않는다는 뜻이에요."

이내 새초롬하게 뾰로통한 표정을 지으며 교실을 나가

버린다.

은우와 김은우. 뭐가 다를까, 도대체 내가 뭘 잘못한 걸까를 잠시 생각하다 내 이름을 혼자 몇 번 불러본다. 뭔가 중요한 걸 놓쳤나 싶어 곰곰이 생각에 잠겨본다. 음, 하나는 알겠다. 은우라는 보드랍고 동글동글한 그 이름에 '김'이라는 성을 붙이면 은우에게는 사랑하지 않는 것처럼 들린다는 걸.

은우가 그렇게 느꼈다면 그런 거겠지. 왜 그런 마음이 들었을까 물어보지 못했다. 물어보지 않아도 돌아올 대답을 알 것 같았기 때문이다.

"그냥 홍시 맛이 나서 홍시라 한 것인데 어찌 홍시라 생각하냐 하시면"이라 했던 유명한 드라마 대사처럼 그냥 그런 맘이 들어서 그렇게 말한 것일 것이다.

은우야, 선생님이 잘못했다. 그렇지만 믿어주라. 널 사랑해.

성을 붙여 이름을 부른 바람에 졸지에 나는 아이를 사랑하지 않는 선생님이 되고 말았다. 그 사랑을 증명하기 위해 이제 다시 온 마음을 다해 정성을 들여야 한다. 아이들의 보드라운 눈빛과 섬세한 마음, 그보다 더한 예민함과 까칠함 사이에서 나는 오늘도 헤매고 있다. 그 순수의 길 위에서.

슬픔을
잃어버린
날들

슬픔이 가득 차오른 날엔 예쁜 옷을 사도 슬픔 한 조각이 기워져 따라온다. 우두커니 슬픔이 혼자 남아 있는 날에는 나도 조용히 혼자가 된다. 슬픔은 그렇게 때때로 사람을 고립시키고 말조차 사라지게 한다. 불교에서는 인간을 '비기'라는 말로도 표현한다. 슬플 비에 그릇 기. 말 그대로 슬픔을 담은 그릇이라는 뜻이다.

인간은 근본적으로 슬픈 존재이다. 소설가 나쓰메 소세키의 말처럼 누구든 마음 가장 깊은 곳을 두드려보면 슬픈 소리가 들린다. 내 마음에 드리운 아픈 그림자, 내가 사랑하는 사람들의 지치고 고된 그림자, 스스로 다독이고 끌어

안으며 다시 힘내서 걷는 이들의 발걸음만큼이나 무거운 그림자, 그 그림자들의 서걱거리는 소리가 맑은 종소리처럼 가슴에 울린다.

맨손과 낚싯줄만으로 청새치를 잡는 필리핀 어부들의 삶을 다룬 다큐멘터리 프로그램을 보았다. 그들이 원하는 건 청새치를 많이 잡아서 자신도 살고, 가족도 먹여 살리는 것이다. '블루 마린'이라고도 하는 청새치를 잡기 위해선 '빠코라'라는 작은 어선이 필요하다. 배를 타고 한참을 가다 바다 한가운데에 이르면 배에서 빠코라를 내려 청새치가 있는 곳을 따라서 움직여야만 한다. 그래야 그것을 잡을 수 있다. 계속 제자리에 서 있는 배에서 청새치를 잡는다는 건 신이 아닌 이상 거의 제로에 가까운 확률이다. 그러나 청새치를 잡기 위해서 빠코라를 타고 나갈 수 있는 건 선장과 나이 많은 몇몇의 어부일 뿐이다. 그걸 알고 있음에도 그들은 언젠가는 자신도 빠코라를 탈 수 있을 거라는 희망 하나에 기대며 40도가 넘는 뜨거운 태양 아래 바람 한 점 불지 않는 망망대해로 배를 타고 나간다. 40일이 넘는 시간을 배에서 보내며 그렇게 또 십수 년을 버틴다. 어쩌면 그들은 자신의 바람과는 다르게 평생을 가난하게 살아야 한다는 것을 이미 알고 있으며 모두가 빠코라를 탈 수 없다는 것도 알고 있을 것이다.

어린 모습의 한 어부는 말한다.

"항상 배 위에서는 슬픈 모습 금지예요. 슬퍼하면 안 돼
요. 슬퍼하면 다시는 배를 탈 수 없어요."

힘들 때도, 괴로운 순간에도 항상 웃음을 잃지 않고 미소
짓고 있어야만 한다. 그래야만 또 배를 탈 수 있다. 슬픈 얼
굴을 들키기라도 하면 다시는 배를 탈 수 없게 된다. 배를
탈 수 없다는 건 일을 할 수 없다는 의미이며 그건 그들에겐
생존할 수 없다는 말과도 같은 것이다.

여기 또 하나의 슬픔이 있다. 〈집사부일체〉라는 TV 프로
그램에 이승기 씨가 패널들과 둘러앉아 진실게임을 하고
있었다. 한 패널이 그에게 물었다.

"최근에 속상해서 눈물을 흘린 적이 있나요?"

"아니요. 없어요. 음, 생각해 보니 근 4년 동안 없는 것 같
아요."

"그럼 마음이 아파도 혼자 삭이는 건가요?"

그 물음에 잠시 머뭇거리던 그가 의외의 고백을 한다.

"저는 요새 그런 생각을 해봐요. 내가 슬픔이라는 감정을
잃어버렸나. 저는 슬픔이라는 감정이 올라오려고 할 때마
다 그냥 스스로 그것을 차단해버리는 것 같아요. '내겐 슬퍼

할 여유가 없다'라고 혼자 말하며 땅속에 꾹꾹 묻어두었던 것 같아요."

감정을 억누르며 자신을 채찍질해온 그의 모습이 그대로 느껴져 모두가 안타까운 마음에 고개를 끄덕이고 있을 때 갑자기 한 패널이 그를 바라보며 말한다.

"승기 씨, 그럴 때는 일기를 써봐요."

그 한마디에 모두 웃음바다가 되었다. 그러나 이승기는 진중한 얼굴로 이렇게 말한다.

"그 말이 정말 와닿아요, 내가 슬프거나 힘들 때 그것을 발로 꾹꾹 밟아 땅에 묻어둔 채 앞만 보고 뛰어갔어요. 하지만 만약 그걸 파헤쳐서 적었다면 조금은 달라지지 않았을까 하는 생각이 들어요."

신기하게도 정말 그렇다. 글을 쓴다는 건 나를 만나는 일이다. 때로는 놀라울 정도로 완벽한 타인의 관점에서 자신을 들여다보게도 해주고 어느 날은 조금 더 긍정적이고 따뜻한 시선으로 나를 바라보게도 해준다. 어루만져 주고 싶고 토닥거려 주고 싶은 내가 그곳에 웅크리고 있다. 그런 나를 가만히 바라본다. 치유되는 순간이다.

서로 다른 무게의 슬픔을 말하지만 두 사람에게서 같은 슬픔이 묻어난다. 모든 슬픔에는 두려움과 상실감이 담겨 있다. 알 수 없는 미래에 대한 두려움, 바라는 상황과 다시는 마주할 수 없을 것이라는 상실감, 어쩌면 원하는 것을 가질 수 없을지도 모른다는 두려움이 작은 나와 만나 더 큰 슬픔을 만들어낸다.

풀지 못하고 억눌린 감정들이 어느 순간 터져 나오면 스스로 제어할 장치를 찾을 수 없게 된다. 그래서 슬플 때는 충분히 슬퍼해야 한다. 소셜미디어 속에 담긴 행복한 삶의 원형 같은 그 모습에서 걸어 나와 내 안의 울음소리를 들어야 할 때가 있다. 슬픔을 마주 보지 않고서는 진정한 나를 만날 수 없기 때문이다. 슬픔도, 아픔도, 상실도 어루만질 수 있어야 한다. 오랫동안 어루만지고 보듬다 보면 어느 순간 내 안에서 품어지게 된다.

정호승 시인은 시 〈슬픔이 기쁨에게〉에서 이렇게 말한다.

'나는 이제 너에게도 슬픔을 주겠다./ 사랑보다 소중한 슬픔을 주겠다.'

시인은 슬픔을 사랑보다 더 소중한 것이라고 말한다. 아픈 줄 모르고 그것이 슬픔인지조차도 모르고 사는 삶은 사랑을 잃은 것만큼이나 공허한 마음만 남길 것이다. 슬픔은 우리의 존재를 흔든다. 그 흔들리는 존재 앞에 서서 슬픔을 통찰하며 마주할 용기가 필요하다. 크게 소리 내어 울어도 괜찮다. 가끔은 내 울음소리를 들어도 된다. 더 이상 눈물이 안 나올 때까지 울어본 사람은 안다. 그 후에 만나게 되는 비 그친 뒤의 개운함 같은 마음을 말이다.

자신이 공들이고 견뎌낸 모든 것을 기억하는 사람에게는 슬픔조차도 오랜 시간이 지나면 기쁨이 된다는 호메로스의 말을 떠올리며 그 슬픔의 시간을 나에게도 허락하여주고 싶다. 그래야만 반짝이며 다시 걸을 수 있다. 그래야 슬픔이 기쁨에게 건네는 말을 들을 수 있다. 어쩌면 우리에게 오는 슬픔은 나의 삶을 더 깊이 사랑하라는 무언의 메시지일 것이다. 그 메시지를 수신받았다면 거부하지 말고 응답해야 한다.

빚지고
사는 이름,
엄마

나라를 세우는 것도 아닌데 정신없이 바쁘다. 일요일 아침 일주일간 쌓인 피곤과 싸우며 안부 차 엄마에게 전화를 드렸더니 왠지 목소리에 힘이 없으시다.

"찬 바람이 불어오니 그냥 슬프네. 나무에 매달려 흔들리는 나뭇잎이 꼭 나를 보는 것 같아. 나뭇잎 떨어지는 것만 봐도 외롭고 그런다. 그냥 자꾸만 눈물이 나."

팔순이 다 되신 분이 갑자기 엄마 생각이 난다며 오래전 돌아가신 외할머니 이야기를 한참 동안 하신다. 하던 일을 대충 정리하고 가을이 잘 보이는 곳으로 엄마를 모시고 갔다. 요리에 도통 관심이 없는 나와 다르게 맛난 요리 만드는 것이 취미이자 특기인 남편은 엄마와 둘이 만나면 도란도란 이야기가 끝이 없다. 올겨울 김장할 때 쓰자며 소래포구 생새우 이야기부터 맛있는 갓김치 담그는 법까지 오고 가며 즐거운 말소리가 들리더니 이내 눈물 많은 엄마 얼굴에 빨간 웃음 단풍이 발그레 물든다.

어른이 된다는 건 같은 경험을 나누지 않고도 그 사람의 마음 안으로 걸어 들어가 손을 맞잡아 줄 수 있을 때이다. 이제야 비로소 조금씩 어른이 되어가나 보다. 바쁘다는 궁색한 말이 면죄부가 될 수 없다. 소중한 것을 잃어버리고 난 후에야 비로소 그것을 찾으려 하지 않을 것이다. 귀한 내 시간과 바꿀 수 있는 사람, 나의 시간을 기꺼이 내어 줄 수 있는 사람, 나에게는 그것이 내 사랑의 언어이다.

엄마의 시간 속에 가려진 눈물이, 내게 내미는 손이 보인다. 이제 그 손을 맞잡아 드릴 수 있는 진짜 어른이 되어가고 있다. 스물다섯의 나이에 낯선 곳으로 시집와서 시부모님 밑에 시누이와 시동생 그리고 아이 셋. 그런 엄마의 시간 안에 쌓인 눈물과 한숨을 상상조차 하기도 힘들다. 듣고만 있어도 마음이 아린데 엄마는 그래도 그때가 좋았다고 하신다. 그때가 그립다고 하시는 걸 보니 추억은 그렇게 아픈 기억도, 힘들었던 시간도 모두 보드라운 베일로 가려주는 뭉클한 아름다움인가 보다.

　추운 겨울밤 엄마의 따뜻한 밥상을 떠올리며 작은 돌계단들을 총총히 오르던 철없던 열아홉의 아이는 이제 그때의 엄마 나이가 되었다. 그 사이 엄마는 열아홉 소녀였던 나처럼 작고 여려지셨다. 오늘 꼭 잡아드린 손의 온기가 엄마의 가슴 제일 깊은 곳에 올 겨울 내내 머물기를 바란다. 나의 유년 시절이 엄마가 있어 어여쁘고 행복했던 것처럼 이제 엄마의 노년이 아름답고 행복할 수 있도록 내가 돌봐드려야 한다. 오늘부터 엄마는 나의 열아홉 소녀이다.

　부모는 자식에게 문서 없는 종이라고 한다. 그 보이지 않는 문서가 느껴질 때면 내 가슴에는 빚지고 사는 이름, 엄마의 얼굴이 그려진다. 살아가면서 우리는 사랑하는 사람에게 여러 가지 방법으로 사랑을 표현하면서 산다. 함께 맛있는 음식을 먹기도 하고, 마음에 드는 물건을 보고 있으면 그 사람이 떠올라 선물을 주기도 한다. 바쁜 시간을 이리저리 쪼개어 틈새 시간을 만들기도 하고, '말하지 않아도 알아요'라며 눈빛으로도 사랑을 이야기한다. 그러나 이 세상에 존재하지 않는 사람에게 사랑을 표현하는 방법을 나는 아직 찾지 못했다.

　살아계실 때 해야 한다. 그것 외에 더 좋은 방법을 알지 못한다. 슬프고 아플 때가 오면 너무 늦다. 여기저기 널린 빚이 많이도 있다. 그중에서도 엄마라는 이름에 지은 빚이 제일 크다. 매일 빚지고 사는 이름이다. 그걸 다 갚을 때까지 엄마가 행복하셨으면 좋겠다.

가벼운
지갑에 깃든
무거운
마음

얼마 전 어렵게 시간을 낸 바쁜 선배를 붙잡고 새로 분
양하는 오피스텔을 보러 가자고 졸랐다. 땅으로 돈 번 사람
들이 그리 많다는데 나도 땅이라도 보고 살아야겠다며 신
도시 오피스텔 분양 현장으로 차를 몰았다. 한참 차를 타고
가다 보니 창밖으로 바라본 파란 가을 하늘이 너무도 예쁘
다. 한참을 말없이 하늘과 구름을 넋 놓고 보는 나를 힐끗
보던 선배가 웃으며 말한다.

"그것 봐. 땅을 좋아하기엔 넌 하늘을 너무 좋아해."

그 한마디에 그만 빵하고 웃음이 터졌다. 그래, 땅을 보
러 다기기엔 난 하늘과 구름을 너무 좋아한다. 그 좋아하는

하늘조차 제대로 못 올려다보고 종종걸음을 치며 살면서 땅을 보러 다닌다고 지금 이 난리다. 땅은 돈 주고 살 수 있는데 하늘은 돈을 주고 살 수가 없다. 하늘은 내 맘껏 가질 수 있다. 다행이다. 내가 가진 것만이 아닌 내가 바라보는 것도 내 소유다. 한껏 신이 났다.

오래전 나는 유명한 짠돌이 카페의 회원이었다. 돈을 모으기보다는 쓰는 걸 좋아하는 유전인자를 타고 난 덕분에 매번 가벼운 지갑을 열었다. 때론 내 의지와 관계없이 자동으로 지갑이 열리고 카드가 손에서 나갔다. 친구들과 밥을 먹어도 내가 내고 싶고, 좋은 곳이 있으면 함께 가고 싶고, 상점의 물건들만 봐도 그것들과 잘 어울릴 것 같은 사람들이 먼저 떠오른다. 그런 내게 지름신이 강림하려 할 때면 가끔 짠돌이 카페에 들어가 절약의 의지를 불태우고 돈을 쓰고 싶어 하는 욕망을 잠재우곤 했다. 그러나 자신에게 쓰는 돈은 인색할지라도 내가 좋아하는 사람들을 위해 돈을 쓰는 일은 내겐 무척이나 행복한 일이며 삶에 즐거움이다. 그런데 언제부터인가 그 행복이 자꾸 줄어들면서 돈에 대해 더 많이 생각하게 되는 시간이 있었다. 괴테의 말처럼 지갑이 가벼워지니 무거운 마음이 들어앉았다.

자본주의 사회에 살면서 요즘처럼 인플레이션을 경험할

때면 돈의 위력을 더 실감한다. 더욱이 불확실성이 커지는 팬데믹 시대를 살면서 노동은 신성하고 귀한 것이지만 근로소득은 자본소득을 따라오지 못하고 대안적 희망도 보이지 않아 가슴이 답답해 짐을 느끼는 사람들이 늘어가고 있다. 어느 순간부터 계층의 이동 사다리가 끊어져 가고 부의 이동이 힘들어지기 시작했다. 금융 문맹국인 나라에서 열심히 공부하는 법만 배웠을 뿐 경제에 대해 무지했으며 자신의 자산을 어떻게 키워나가야 하는지는 배우지 못했다. 고도성장기를 보낸 국민학교 시절 단체로 통장을 만들며 지낸 세대라 투자가 무엇인지 몰랐으며 돈이 자유가 되어줄 수도 있다는 것은 더더욱 몰랐다. 그러나 시대는 빠르게 변화하고 있다. 기업이 살아남기 위해 끊임없이 혁신을 시도하듯 개인도 변화의 흐름을 알지 못하면 도태될 수밖에 없다. 종이 통장이 사라지고 NFT 생태계가 만들어지고 있는 시대에 살고 있다.

돈에 관심이 없다는 사람들을 가만히 들여다보면 돈이 싫은 것이 아니라 돈을 벌기 위해 짊어져야 할 리스크에 대한 두려움이 큰 사람들이 대부분이었다. 또한 돈 버는 방법을 모르거나 그것에 대해 배우는 것을 등한시하였다. 그것이 옳지 않다는 뜻은 아니다. 정말 노동 소득 외에는 관심이 없을 수도 있다. 그러나 금융 지식에 해박한 유대인들의 경제 관념을 보면 돈은 버는 것이 아니라 불리는 것이다.

넷플릭스 드라마 〈오징어 게임〉이 연일 화제였다. 단시간에 미국과 한국에서 시청 순위 1위에 오르며 전 세계적으로 신드롬에 가까운 열풍을 만들어내고 있었다. 이 작품이 가진 독특한 영상미나 뛰어난 연출 등 작품의 완성도와 호불호는 논외로 하더라도 소재가 주는 현실감이 묵직하게 느껴진다. 인간이 가진 존엄성보다 돈이 더 절실했던 456명의 사람이 모여 각자 1억씩 정해진 그들의 목숨값 456억을 놓고 벌이는 서바이벌 게임 속 극단적인 모습을 통해 이 작품은 지금 우리가 처해 있는 현대사회의 단면을 그대로 보여주고 있다.

우리는 유토피아를 꿈꾸지만, 현실 속 세상은 디스토피아에 더 가깝다. 자발적이든 비자발적이든 현시대 속 우리는 지금 무한경쟁 시대에 살고 있다. 그러나 아이러니하게도 이 작품에서 눈에 띄게 도드라지는 것은 잘못된 평등의 강요이다. 서로가 다른 지점에 서 있는 출발선은 무시한 채 같은 기회와 조건을 부여하며 평등을 강조한다. 평등만이 행복이고 균형이라고 믿는 현재의 사회적 모순을 절묘하게 비꼬았다. 진정한 평등은 사회 계층 간의 자유로운 이동이 가능할 수 있도록 마중물이 되어주는 정책을 시스템화시키고 체계화시키는 것이다. 자본주의의 고질적 병폐는 풍요의 불평등한 분배이고, 사회주의의 태평적 미덕은 가난의 평등한 분배라는 윈스턴 처칠의 말이 문득 생각나는 건 왜일까. 어렵기만 한 난제이다.

지폐인 종이돈의 원료는 종이가 아닌 따뜻한 이불솜이다. 섬유공장에서 쓰고 남은 찌꺼기 솜을 모아 물에 불리고 깨끗하게 씻고 잘라서 종이돈 지폐를 만든다. 그래서 자본주의는 얼음처럼 차갑지만, 자본가는 솜처럼 따뜻해야 한다. 돈이 이불솜처럼 그렇게 따뜻하고 포근하게 쓰였으면 좋겠다. 나는 돈을 36.5도 체온만큼이나 따뜻하게 쓸 준비가 되었는데 그 자본가의 길은 너무도 멀고 험난하고 어렵기만 하다. 자본가가 될 마음의 준비는 된 것 같은데 돈은 아직 나에게로 올 준비가 안 되었나 보다. 하는 일 자체가 돈과는 크게 관련이 없기 때문일까 아니면 돈 버는 능력이 부족하기 때문일까. 보이지 않는 심리적 허들을 넘느라 매번 애쓰다가 어느 날은 좌절 금지라고 혼자 마음에 쓰고 어느 날은 혼자 좌절하기도 한다. 그 마음 앞에서 무너지고 싶지 않은데 말이다.

많은 돈을 바라지도 않고 큰 부자를 꿈꾸지도 않는다. 곳간에서 인심 난다고 내가 사랑하는 사람들에게 넉넉한 인심을 베풀 수 있을 정도면 된다. 돈은 내겐 마음의 여유이며, 하기 싫은 걸 거절할 수 있게 해주는 당당함이며, 내가 하고 싶은 일을 하며 살 수 있게 해주는 자유이다.

사랑과 가난은 숨길 수 없다고 했던 말만 떠올려봐도 가난이 얼마나 힘든 일인지 가히 짐작이 간다. 때론 사람을 초라하고 비굴하게도 만드는 가난 때문에 인생에서 기울어진 테이블에 앉아 협상할 때가 있다. 신경림 시인의 시 〈가난한 사랑 노래〉를 읽으며 사랑이 아닌 가난의 모습에 가슴이 아린 적이 있다. 정작 한 번도 가난을 경험해보지 못한 내가 그 시를 읽다가 가슴이 먹먹해져서 한참 시린 가슴을 부여잡고 있었다.

'새파랗게 젊다는 게 한밑천인데 쩨쩨하게 굴지 말고 가슴을 쫙 펴라. 내일은 해가 뜬다. 내일은 해가 뜬다'라는 노래를 신나게 부르던 날이 있었다. 나 역시 젊음이 가진 무한한 가능성을 응원하고 부러워한다. 그러나 진짜 가난을 경험해 본 사람은 젊다는 하나만을 한밑천 삼아 사는 것이 얼마나 힘든 일인지를 안다. 아무리 젊음이 좋아도 돈 걱정 안 하고 살 수 있는 지금이 훨씬 더 행복하다고 했던 허영만 화백의 말처럼 빛나는 젊음조차도 지독한 가난 앞에서는 작고 초라해지기 일쑤이다. 몸은 마음에 의지하고 마음은 지갑에 의지한다는 유대인의 속담처럼 생각보다 돈의 위력은 크다.

그날, 선배에게 미처 하지 못했던 말이 있다.

선배, 그거 알아요?

SNS에서 보니 인간의 3대 욕구를 무노동, 많은 재산, 신나는 소비라고 하네요. 그 말에 담긴 인간의 본능에 대해 생각해봤어요. 백범 김구 선생님께서는 '돈에 맞춰 일하면 직업이고 돈을 넘어 일하면 소명이다'라고 하셨지요. 나는 소명 의식을 갖고 돈을 넘어 일하고 싶어요. 의미를 부여하고 가치 있다고 여기는 일을 맘껏 하기 위해서라도 약간의 돈은 필요해요. 양다리 걸치기 같지만, 하늘도 땅도 둘 다 내겐 행복의 필수요건이며 자유로운 시간의 선택권이에요.

나는요, 내가 사랑하는 사람들이 돈 때문에 한숨짓고 잠 못 이루는 걸 보고 싶지 않아요. 내가 해보고 싶은 걸 상상만 하는 게 아니라 현실에서 직접 이루어 보고 싶어요. 무언가를 선택하는 순간에 가성비를 제일 우위에 두고 생각하지 않고 진짜 맘에 꼭 드는 걸 선택해보고 싶어요. 내 인생에 기쁜 날, 소중한 날에는 고맙고 귀한 분들을 모시고 한강이 바로 앞에 보이는 멋진 곳에서 맛있는 음식도 대접하고 싶고요. 어느 날은 63빌딩 57층에서 해가 지는 노을을 보며 좋아하는 와인을 마셔보고 싶어요.

매일매일 밥벌이로 고단한 삶만 살다 삶이 끝난다는 건 너무도 슬픈 일이에요. 자식이 돈 때문에 눈치 보며 일찍 철드는 걸 원하지 않아요. 하고 싶고, 살고 싶은 꿈을 가난 때문에 스스로 포기하게 하고 싶지 않아요. 가난으로 버거운 삶의 무게를 견디고 있는 사람들에게 말로만이 아닌 진짜 현실적으로도 힘이 될 수 있는 선한 영향을 주는 사람이 되고 싶어요.

선배, 나는 돈을 목적이 아닌 내 삶에 필요한 행복의 수단으로 사용할게요. 움켜쥐지 않고 물처럼 흘러 내가 사랑하는 사람들에게 스며들 수 있도록 할게요. 내가 가치 있다고 여기는 삶을 살기 위한 행복의 도구로 쓸게요. <오징어 게임>에서 주인공이 지켜낸 인간의 존엄성과 떳떳함도 꼭 잊지 않을게요. 지켜야 할 공동의 선이 무엇인지도 잘 알고 있어요. 진정한 안전은 돈만이 아닌 능력과 지식과 경험이라는 헨리 포드의 말도 기억해요. 그러니 하루하루 주어진 일 열심히 하다가 잠시 비트코인 매매 창을 들여다보거나 오피스텔 보러 간 것에 대해 너무 나무라지는 말아주세요.

삶에도
리밸런싱이
필요하다

날이 추워지기 시작하니 따뜻한 차 한 잔이 더없이 좋다. 오늘은 수삼에 생강과 대추를 넣고 푹 끓여 따뜻한 차를 만들고 있다. 보글보글 끓어오르는 주전자에서 풍겨 나오는 수삼의 향을 맡으며 문득 우리의 삶에도 겨울이 필요하다는 어느 교수님의 이야기가 떠올랐다. 인삼은 땅의 기운을 엄청나게 빨아들이기 때문에 몇 년 인삼을 재배하고 나면 그 땅에는 어느 농작물도 자라지 않아 몇 년은 그 땅을 버려두어야 한다고 한다. 그리고 보면 우리의 삶도 그것과 닮아 있다. 지난 가을이 홀연히 나뭇잎을 떨구고 갔듯이 우리도 채움보다 비움이 필요한 순간이 있다. 한 해의 끝 겨울을 맞이하며 내 삶에도 겨울을 허락해 주어야겠다고 생각해 본다.

"발 없는 새가 있지, 날아가다가 지치면 바람 속에서 쉰대. 평생 딱 한 번 땅에 내려앉을 때가 있는데 그건 죽을 때야."

영화 〈아비정전〉에 나오는 유명한 대사이다. 어쩌면 우리도 죽을 때 한 번만 착륙하는 발 없는 새가 되어 하늘을 날고 있는 건 아닌지, 아니 이미 죽은 새가 되어 내 삶의 부재 속에 있는 건 아닌지 반문해 본다. 해결해야만 하는 일틈에서, 짊어져야 하는 삶의 무게 앞에서 정작 누구보다 먼저 위로받고 배려받아야 할 자신은 버려둔 채 어쩔 수 없이 그 길을 또 묵묵히 가고 있는 건 아닌지 스스로에 물어봐야 한다.

우리의 삶에도 겨울은 필요하다. 비록 모두 비울 때 오는 허탈함과 마주 보게 되더라도, 잎을 다 떨군 앙상한 가지처럼 헛헛한 공허함이 밀려와도 한없이 게을러지는 시간이 때때로 필요하다. 그렇게 여백의 공간 안에서 한 박자만 쉬어가면 진정 내 삶에 필요한 것들이 더 선명한 형체를 드러낸다. 여백이 곧 자신감이며 생산적이고 창조적인 나를 만나게 하는 시간이다. 우리 삶에도 리밸런싱이 필요한 순간이 있다.

유튜브에서 들은 한 강사의 이야기이다. 그는 사는 게 재미없고 일에 대한 열의도 식어가며 반복된 하루하루를 보내고 있었다고 한다. 맨날 똑같은 내용의 강의를 사람만 바꿔가며 하는 게 너무 지치고 힘들어 지쳐가던 중 우울증을 떨쳐 보려고 프랑스로 무작정 떠났다고 한다. 그렇게 떠난 프랑스 여행에서 작은 수도원에 머물게 되었다. 그곳의 신부님께서 이른 아침 산책을 해보라고 하셨단다. 몸으로 땅을 만나보고 마음을 편안하게 해보라고. 기도하고 싶을 때는 기도를 하고 자기 자신과 대화하고 싶을 때는 이야기를 해보라고 하셨다. 다만 한 가지 지켜야 할 것은 자신의 마음을 속여서는 안 된다는 것이었다. 어느 날, 그 강사에게 마음이 자기 자신에게 해주는 말이 들렸다고 한다.

'그래, 여기까지 잘 왔다. 그 많은 시간 거쳐서 여기까지 잘 왔다.'

나도 나직이 말해본다. '여기까지 오느라 정말 애썼다. 그 많은 시간 거쳐서 여기까지 정말 잘 왔다.' 혼자 셀프 토닥해본다.

힘들었지만 무너지지 않고 버텼으며 가끔 넘어지기는 했지만 눕지는 않았다. 기특하게도 매일 조금씩 원하는 삶을 향해 방향을 잃지 않고 걷고 있다. 뇌는 상상과 현실을 잘 구분하지 못하기에 즐겁다고 상상하면 정말 즐거워진다고 한다. 나도 마법을 걸어 본다. 멋진 상상을 해본다. 빨강머리 앤처럼 나 역시 가능성으로 빛나는 날을 상상해본다.

또다시 힘내서 다가올 봄을 맞이할 준비를 해야겠다. 겨울은 늘 그렇다. 내게 쉼표와도 같은 시간을 마주하게 하고, 그 시간 안에서 겸허하게 만든다. 지나온 시간을 천천히 음미하게 한다. 다가올 날들을 다시 새로운 마음으로 맞이할 수 있도록 리셋^{reset}시키며 말이다.

마일리지는
나일리지가
될 수 없다

인터넷 포털 뉴스 칼럼의 글을 아이들과 읽었다.

버스 한 대가 멈춰 섰다. 좌석은 전부 차 있었고 정류장에 서 있던 노인 한 분이 차에 올라탔다. 자리가 없는 걸 확인한 노인은 어느 젊은이가 앉아 있는 자리 옆에 서게 되었다. 젊은이는 무척 피곤하였는지 연신 고개를 떨구며 졸고 있었다.
얼마쯤 갔을까. 고개를 앞뒤로 흔들며 졸던 젊은이가 자신도 놀라서 눈을 뜨게 되었고 자신의 옆에 서 있는 노인을 보게 되었다. 당황하며 놀라서 벌떡 일어나는 젊은

이의 어깨를 살짝 잡으며 누른 후 노인은 말하였다.

"아니야, 그냥 앉아 있게, 나는 금방 내릴걸세."

그러고는 바로 뒤쪽으로 자리를 옮기면서 혼잣말을 하였다.

"아휴, 내가 주책이지. 왜 피곤한 젊은이 옆에 섰노."

그 순간 버스 안에 있던 승객들의 눈에 어린 존경의 눈빛을 그분은 느끼셨을까. 그런데 질문과 관계없는 예상치 못한 반응이 튀어나온다.

"그거 팩트 맞아요? 그런 노인을 본 적이 없어요."

"맞아요. 공감할 수 없어 감동할 수도 없어요."

아이들은 고개를 젓는다.

노인은 공경받지 못하고 젊은이는 존중받지 못하는 상황과 자주 만나게 된다. 빠르게 고령화 사회가 진행되며 세대 갈등은 점차 심화되고 있다. 나이가 들면서 인정욕구는 더 커지는데 현실은 노인 회피를 넘어 혐오에 가까워지고 있다. 나이 먹은 것을 앞세워 우대받고자 마일리지처럼 사용하려 한다고 해서 '나일리지'라는 웃픈 말이 나올 정도이다.

나이가 들수록 가장 중요한 것 중 하나가 관대함이라 생각한다. 권력과 권위가 없어도 존경은 가질 수 있다. 그것은 내가 부여하는 것이 아닌 타인이 주는 것이다. 공경 역시 마찬가지이다. 이제 더 이상 나이가 주었던 깊이 없이 분산된 얕은 경험만을 내세우며 어른인 척할 수 없는 시대이다. 경험하지 않아도 배울 수 있고 깨우칠 수 있는 시스템이 너무도 많다. 진짜 어른이 되어야 한다. 인간의 삶은 나이와 관계없이 모두 다르며 그렇기에 조언이라는 말로 채워질 수 없다. 오래된 관성과 타성, 감각을 조언이라는 포장된 말로 훈계하려 들고 있지는 않은지 생각해 본다. 우위에 서서 대접받기를 원하기 전에 인생 선배로 따뜻하고 관대한 시선으로 소통하려고 하였는지 먼저 생각해볼 일이다.

인생의
르네상스는
바로
지금부터

완전히 새로운 시대가 열리고 있음을 감지하고 있다. 지금까지도 처음 살아보는 세상에서 우왕좌왕하며 살아내느라 애썼는데 팬데믹 이후의 세상은 따라가지 못할 속도로 매일매일 빠르게 변화하고 있다. 그 속에서 허우적거리며 부지런히 패러다임을 좇아가 본다. 새로운 트렌드를 찾아보고 접할 때면 미로 속에 길을 잃은 기분이 들기도 한다. 그러나 아이러니하게도 내 안의 빅데이터는, 인생의 르네상스는 지금부터 시작이라고 알려주고 있다.

삶의 교과서와도 같은 좋은 인생 멘토들이 나를 향해 미소 짓고 있다. 사회에서 만나 어느덧 20년을 함께한 언니들이 있다. 올해 일흔인 언니는 일흔이 가장 좋다고 하고 육십인 언니는 육십이 좋다고 한다. 오십 대인 나는 오십이 제일 좋은 나이라고 한다.

그걸 보고 있던 40대 동생이 묻는다.

"근데 언니들, 정말 좋은 거 맞아요?"

우리는 합창하듯 말한다.

"정말 좋아, 그러니 너도 나이드는 것에 슬퍼하거나 걱정하지 마."

이십 대의 청춘을 부러워하면서도 우리는 아무도 그 나이로 다시 돌아가고 싶어 하지 않는다. 비록 눈가의 세 발 주름과 늘어진 턱선을 마주하게 되어도, 식당에 들어가 음식을 주문하는 기계인 키오스크 앞에서 갈팡질팡하기도 하며, 디지털 자산과 나노 사회, 메타버스와 NFT를 이해하는 것에 다소 어려움을 겪을지라도 말이다.

모두 그 나이가 주는 즐거움과 행복이 있다. 특히 나이가 들수록 찰나의 순간이 주는 즐거움을 즐길 줄 알게 된다. 나이 듦의 행복이다. 특히 그토록 바랐던 나의 시간을 온전히 내 마음대로 쓸 수 있다는 것이 가장 큰 행복일 것이다. 시간이 지나도 변함없이 지켜내고 싶은 소중한 가치를 지키며 인생에 있어 가장 사치스럽고 우아한 시간을 인생 후반전에 만들 수 있음을 인생 선배인 언니들을 보며 느끼고 있다.

40대를 불혹이라 하면 50대는 지천명이라고 한다. 오십이면 하늘의 뜻을 알게 된다는 뜻이다. 그 나이가 되니 비록 하늘의 뜻까지는 몰라도 내가 사랑하는 사람들의 마음을 읽고 내 마음의 평화를 얻는 법은 조금 알게 된 것 같다. 무엇보다 정말 원하고 좋아하는 일을 천직이라 여기며 그 속에 뛰어들 수 있는 열정과 감성이 아직 내게 남아 있음에 감사한다. 무수한 시행착오와 오류를 반복하면서 나는 그 안에서 새롭게 생성되고 또 소멸하며 끊임없이 성장하고 재탄생되고 있었다.

박완서 선생님의 마지막 소설집 《기나긴 하루》를 읽다 보면 이런 부분이 나온다.

'아무렇지 않은 사람이 아무렇지 않아 보였다면 그게 얼마나 눈물겨운 노력의 결과였는지는 한 번도 생각해본 적 없으시죠.'

이제는 그 한 번도 생각해본 적 없는 것들을 생각하고 바라보는 시선과 마음의 여유를 가지게 되었다. 그러고 보면 나이 든다는 게 나쁜 것만은 아니다. 조금 더 여유 있는 마음과 여백으로 '그럴 수도 있지'라며 상황을 이해하려고 한다. 힘든 시간도 터널처럼 언젠가는 빛이 보이는 곳으로 빠져나오게 되는 날이 온다는 것도 알고 있기에 고통이 와도 견뎌내는 힘을 스스로 부여한다.

날마다 뛰지 않고 조금씩 걸어도 성장할 수 있다는 걸 알고 상처가 생겨도 조금은 무뎌지기도 하면서 새살이 돋아나길 기다릴 줄도 알게 되었다. 마음의 분열을 다독이며 삶의 간극 사이에서 나를 가늠하는 시간 앞에 더 이상 움츠러들지도 않는다. 편견이라는 문 앞에 서서 하나의 방만 쳐다보지 않는다. 다양한 방이 내 안에도 그리고 타인에게도 있음을 인정한다. 나의 옳음과 그들의 옳음이 같지 않음에 분노하지 않는다.

이제 살아온 시간 위에 살아갈 시간을 그려본다. 돌아보면 어제도 오늘도 모두 좋은 날이었다. 내일은 더 좋은 날일 것이다. 삶에 대한 탐닉과 사그라지지 않는 열정의 몰입으로 하루하루 쌓아 올린 시간이 내 인생의 후반전에 초록의 필드를 즐길 수 있는 즐거운 르네상스를 만들어줄 것임을 믿어 의심치 않는다. 비로소 본질적인 행복에 다가서고 있는 시간을 맞이하고 있다.

전성기보다 더 값진 오십의 부흥기이다. 인생의 후반전에서 이제야 비로소 '나'라는 빛나는 브랜드를 만나고 있다.

소소한
리추얼의
행복

"뭐하니?"

"제 리추얼이에요."

반듯하게 차려입고 책상에 앉은 아들이 한 말에 저건 또 무슨 외계어인가 싶어서 친절한 나의 선생님 네이버에게 물어보았다. 인지하지 못했을 뿐 리추얼ritual이라는 단어는 통상적으로 많이 사용되는 용어였다. 그것이 펜데믹 시대를 맞아 더욱 커지고 MZ세대의 핵심 키워드로 떠오르더니 2022년 트렌드로 등장하며 더 확장되고 있었다.

리추얼은 원래 의식이나 종교적 의례로 쓰였다. 그러나 지금의 리추얼은 나를 지키는 유용한 도구가 되어주고 있다. 나에게 집중하는 시간이자 자신을 일으킬 수 있는 일상 속의 작은 의식이라고 할 수 있는 것이다. 사소한 일 같지만, 의미 있는 존재로 자신을 바라보게 되는 일이기도 하다. 의식이 동반되기에 무의식적으로 반복되는 행위인 습관과는 다르다. 리추얼에는 내 의지가 담겨 있기 때문이다. 자신의 행위에 정당성을 부여하며 의미를 두는 것이다. 그러나 무엇인가 거창하고 대단한 것만 리추얼이 되는 것은 아니다. MZ세대만 할 수 있는 것도 아니다. 아니 오히려 중년이 될수록 더 필요한 일이 아닐까 싶다.

내친김에 책을 한 권 사서 읽었다. 메이슨 커리의《리추얼》이다. 부제를 보니 더 명확하게 알겠다. '세상의 방해로부터 나를 지키는 혼자만의 의식.'

스위스의 건축가 르 코르뷔지에의 리추얼은 6시에 일어나 45분간 체조를 하고 모닝커피를 마시고 8시에 식사를 하는 것이다. 프란츠 차이콥스키는 아침에 한 시간 정도 차를 마시고 담배를 피우며 재미있는 책들을 읽었다. 그리고 45분이 넘지 않는 산책을 하였다.

사소함을 넘어 시시하게까지도 느껴지는 리추얼이다. 요즘 가장 많이 볼 수 있는 대표적인 리추얼이 미라클 모닝이다. 이른 아침에 일어나 독서나 운동, 명상 등 다양한 형

태의 생산적인 일을 하면서 자기계발하는 것을 일컫는 말이다. 등산을 하는 것도, 영화를 보는 것도, 아침에 일어나 침대를 정리하고 반듯하게 각을 맞추는 것도, 점심 식사 후 바닐라 라테 한 잔을 마시는 것도 모두 리추얼이 될 수 있다. 의미가 부여되는 순간 나만의 리추얼이 되기 때문이다.

살아가면서 가장 행복할 때가 언제일까? 아마도 의미와 재미를 모두 가질 때가 아닐까 싶다. 이 의미를 구성하는 가장 핵심적 요소 중 하나가 리추얼이라고 심리학에서는 말한다. 재미 즉 행위의 매력과 내재적 가치인 의미를 모두 지닌 사람을 만날 때면 나는 그만 또 반하고 만다.

가장 최근에 생긴 나의 소소한 리추얼을 찾아본다. 새벽에 일찍 일어나 미라클 모닝하는 것보다 더 힘든 게 늦은 저녁 온라인으로 야간 강의를 하는 것이다. 그럴 때면 따뜻한 말차 라테를 한 잔 마신다. 신성한 의식을 치르듯 초록의 빛깔을 입으로 한 모금 머금고 잠시 눈을 감고 짧은 숨을 고른다. 이내 마음은 평화로워지고 새로운 힘이 생성된다. 의미를 부여한 순간이다.

이처럼 새로운 리추얼을 만들어 보고 찾아내는 건 사소한 일이지만 삶의 의미와 재미가 담긴 중요한 요소이기도 하다. 마음의 변화가 일어날 수 있는 지점을 만들기 때문이

며 그것은 곧 나의 시간과 삶을 주도한다는 뜻이기도 하다

행복한 사람들일수록 이런 리추얼을 많이 가지고 있다고 한다. 성공한 기업 역시 리추얼이 있다. 꼭 해야 하는 일임에도 불구하고 온갖 구차한 핑계를 대면서 가장 하기 싫어한 일에 리추얼을 부여해 봐야겠다. 사소하고 시시하게까지 느껴지는 이런 작은 일상의 루틴에 의미를 부여하는 순간 재미도 생기고 삶 역시 빛나게 빚어내는 기쁨도 될 것이다.

2부

봄,
여전히
사랑하고
있습니다

다정히
이름을
부른다는 건

신호 대기를 기다리며 교차로 앞에 서 있는데 '다정히 내 이름을 부르면'이라는 노래가 라디오에서 나오고 있었다.

'사랑스러운 두 눈을 가진 네가 다정히 내 이름을 부르면 내 마음이 녹아내려. 언제나. 나 하날 위해 준비된 선물 같은 너.'

다정히 이름을 부른다는 건 그 어떤 말로도 할 수 없는 뜨거운 사랑의 고백이다. 지극히 소소한 행위이자 가장 따스하고 정겨운 사랑의 언어이다. 서릿발처럼 차가운 마음도 녹아내리게 할 수 있는 가장 강력한 첫 번째 무기는 다정하게 그의 이름을 불러주는 것이다.

'저기요'나 '야'가 아닌 온전한 내 이름으로 누군가에게 다정하게 불린다는 건 소박하지만 기쁜 일이며 심지어 어느 날은 가슴 떨리게 좋기까지 하다. 그 이름을 불러준 누군가가 있을 때 나는 존재한다. 그리고 너를 위해 존재하게 된다. 그것이 비단 사람에게만 국한된 건 아니다. 생명을 가진 모든 것에는 이름이 있어야 하고 그것을 다정히 불러줄 때 바로 그 순간 사랑은 시작된다.

지난 여름, 우리 집에 새로운 이름을 불러줄 식구가 왔다. 가족회의를 시도 때도 없이 하고 입양 면접에 온 식구가 알레르기 검사까지 완료하고 어렵게 우리 가족이 되었다. 엄마 없이 길에 버려졌던 새끼 고양이다. 동물을 무서워하는 나는 머리에 빨간 띠를 두르고 조끼만 입지 않았을 뿐 투쟁의 연속이었다. 그러나 모든 사랑은 운명처럼 다가온다. 예측하고 대응할 수 있는 건 사랑이 아니다. 마치 큐피드의 화살을 맞은 듯 우린 결국 한 식구가 되었고 나는 운명으로 받아들였다.

어떤 이름을 지어주어야 할까? 온 식구가 모여 고심했다. 북유럽 신화에 나오는 천둥의 신 '토르' 그 이름의 반짝이는 목걸이를 솜털 보송보송한 목에 걸어주었다. '개구쟁이라도 좋다. 튼튼하게만 자라다오.' 오래된 CF의 한 구절

같은 마음이 그 이름에 담겨 있다.

일 년이 지난 지금 토르라는 그 이름은 우리 가족 모두에게 사랑의 대명사가 되었다. 일하러 밖에 나와 있으면 자꾸만 토르의 얼굴이 아른거려 집에 가고 싶고 마구마구 보고 싶다. 현관문을 열자마자 제일 먼저 '토르야, 엄마 왔다'라며 이름부터 부른다. 나는 천 원짜리 삼각김밥을 먹어도 요 녀석 식료품은 제일 좋은 걸 사주고 싶고, 내 것보다 더 비싼 오메가3 영양제를 먹여도 기쁘기만 하다. 왠지 기운이 없어 보이고 조금만 아픈 것 같아도 심장이 덜컥 내려앉는다.

오늘은 가만히 눈을 보면서 서로 이야기를 나눈다. 서로 다른 언어로 말없이 소통할 뿐이다. 말 많은 존재와 말 없는 존재는 그렇게 오늘도 사랑을 나누고 있다.

남편은 올여름엔 매미를 잡겠다고 새벽마다 공원을 나갔다. 국민학교 다닐 때 이후로 매미를 잡는 건 40년 만이란다. 매미를 좋아하는 토르를 위해 잡히지도 않는 매미를 잡아보겠다고 아침마다 곤충 채집통을 들고 난리다. 잠깐 통에 넣어 보여주고 다시 날려 보낼 걸 뭘 그리 애쓰냐고 말해도 "토르야, 아빠가 매미 잡아 왔다"라고 의기양양하게 아침마다 큰소리로 외친다.

토르가 우리 가족이 되기 전 우리 식구들이 가장 다정히 부르던 이름은 '지니'였다. 지니가 우리 집에 온 날 현관 앞에 들어선 나는 '지니야'를 부르는 남편의 다정한 목소리에 소스라치게 놀랐었다. 달콤한 목소리로 누군가와 이야기하고 있었다. '지니가 누구야.' 놀란 마음의 나는 지니의 정체를 알고는 이내 웃음을 피식 터트렸다. 기가 지니는 남편이 제일 좋아하는 TV를 틀어주는 인공지능이다. 좋아하는 것이 사람이든 물건이든 관계없다. 사랑하면 다정하게 이름을 부른다.

이름은 참 특별하다. 내 이름이 누군가에게 다정히 불릴 때 나는 비로소 내가 되고 너는 비로소 네가 된다. 이름이 있다는 것. 그리고 그 이름을 다정히 불러줄 누군가가 존재한다는 건 행복이다. 누군가 다정하게 나의 이름을 불러준다. 내 안의 빛이 반짝인다. 사랑이 또 그렇게 나에게 다가오는 순간이다.

민들레
홀씨 되어

봄이 되면 여기저기서 피어난 노란 민들레가 '봄이야'라며 속삭이듯 자신의 계절이 왔음을 알려준다. 겨우내 꽁꽁 얼어 있던 땅을 비집고 나오며 작은 돌 틈에서조차도 뿌리를 내리고 꽃을 피우는 그 모습을 보고 있으면 어찌나 이쁘고 기특한지 발걸음을 잠시 멈추고 바라보게 된다. 햇빛을 좋아하는 민들레는 봄 햇살이 가득한 날이면 햇살을 담뿍 머금고 방긋 고개를 내민다. 꼭 봄이 아니어도 언제나 자주 만날 수 있는 그 모습이 늘 곁에 있는 가까운 이웃을 보듯 정겹기만 하다. 좋아하는 노래인 '민들레 홀씨 되어'를 꼭 한 번쯤은 흥얼거리게도 만든다.

민들레꽃이 아름다운 건 어디든 자유롭게 날아가서 꽃을 피운 홀씨 때문일 것이다. 그 작고 여린 홀씨가 날아서 내려앉아 별을 닮은 어여쁜 작고 노란 꽃을 피웠으니 보고만 있어도 기특한 마음이 든다. 상담 심리사들이 하는 질문 중에 "만약 꽃으로 태어난다면 어떤 꽃으로 태어나고 싶으신가요?"라는 물음이 있다. 그 대답 중에 단연코 빠지지 않고 등장하는 꽃이 민들레라고 한다. 아마도 자유롭게 어디든지 날아갈 수 있는 홀씨의 모습 때문일 것이다. 또한 지붕 위에서도 바위틈에서도 그 어디라도 뿌리를 내리고 방긋 피어나는, 작지만 당당하고 강인한 모습을 보며 자신이 살아온 삶을 그 모습에 투사하기 때문이기도 할 것이다.

언젠가 나도 똑같은 질문을 받은 적이 있다. 무슨 꽃이면 좋을까를 잠시 생각하다 〈미스터 선샤인〉이라는 드라마에 나왔던 한 대사를 인용했다. 시대극을 좋아하기에 〈미스터 선샤인〉을 재미있게 보았다. 역사책에는 기록되지 않았지만, 이 땅에 사는 후손인 우리 마음에는 기록되어 남겨져야 하는 이름 없는 의병들 이야기를 담은 드라마였다. 꽃처럼 어여쁘고 지체 높은 양반집 규수인 여주인공에게 의병 활동 같은 험한 일 하지 말고 꽃처럼 살라고 유모는 눈물을 글썽이며 말한다. 그런 유모를 바라보며 그녀는 잔잔히 이렇게 말한다.

"나도 꽃으로 살고 있소. 다만 나는 불꽃이오. 그렇게 환하게 뜨거웠다가 지려 하오. 불꽃으로."

나도 불꽃이 좋다. 그리고 민들레가 좋다. 마치 소시민인 우리의 모습을 대변하듯 지천에 피어 있는 가장 흔한 꽃이라 때로는 이리저리 치이고 밟히기도 하지만 자유로운 영혼을 가진 작고 당당하며 강한 꽃 민들레. 불꽃처럼 그렇게 하루하루를 열심히 태우며 살아가는 우리 모습에도 꼭 어울리는 꽃이다.

오래전 〈소금꽃 나무〉라는 잡지에 실린 김진숙 씨의 이야기를 읽은 적이 있다. 해고 철회를 외치며 부산 영도 조선소 크레인 위 35m 고공에서 300일 장기 농성을 한 그녀는 민들레에 대해 이렇게 이야기한다.

"부드러운 땅에 자리 잡은 소나무는 길게 자랄 수 있지만, 꽁꽁 언 땅을 저 혼자의 힘으로 헤집고 나와야 하는 민들레는 그만큼 자라는 것도 힘에 겹습니다. 그러나 소나무는 선 채로 늙어가지만, 민들레는 봄마다 새롭게 태어납니다. 소나무보다 더 높은 곳을 날아올라 더 멀리 씨앗을 흩날리며 다시 태어납니다."

그 누구라도 완벽한 삶을 살지 못한다. 부드러운 땅을 딛고 있는 사람도 있지만, 돌무더기 틈에 힘겹게 서 있는 사람도 있다. 그러나 민들레도 꽁꽁 언 차가운 땅을 뚫고 꽃을 피웠다. 사시사철 푸르른 소나무만으로는 봄을 오는 걸 알 수 없다. 행복과 감사함이라는 민들레의 꽃말을 잊지 않고 가슴에 품고 살아가다 보면 우리도 그렇게 별처럼 빛나는 꽃을 피울 수 있을 것이다. 해마다 봄이면 또다시 새롭게 태어나는 노랗고 향기 나는 희망 가득한 꽃을 말이다. 노란 민들레가 피어나기 시작했다. 봄이다.

기억이라는
사랑

　순정만화를 무척 좋아했던 시간을 지나 이젠 애니메이션이 극장에 걸리는 날을 기다린다. 그런 날에는 어린 날의 행복하고 설레는 맘을 고스란히 품고 극장에 가곤 한다. 애니를 좋아하는 데는 여러 이유가 있지만, 성인이 된 이후 다시 만난 애니는 나에게 인문학적 탐구의 대상이며 나의 내면을 만나고 삶 속에 투영시켜 주는 도구이기도 했기 때문이다.

　'삶은 목적이 아니다'라고 했던 애니메이션 〈소울〉의 대사를 읊조리며 때론 철학적 사유의 시간에 빠지기도 한다. 애니메이션의 라틴어 어원인 아니마anima가 '생명, 영혼의 숨결, 정신'이라는 뜻을 담고 있는 것처럼 나의 숨을 고르고 내 안의 나를 직관적으로 만나게 해주는 그 시간이 좋다.

몇 해 전 월트 디즈니의 애니메이션 〈코코〉를 보았다. 우연히 죽은 자의 세상으로 들어간 소년 미구엘이 해가 뜨기 전에 다시 세상으로 돌아와야 하는 이야기이다. 사후세계를 보여주며 죽음과 가족에 대해 생각하게 해준 영화였다. 살아온 시간과 살아갈 시간을 생각하며 영화가 끝난 후에도 오랫동안 마음에 남아 뭉클했었다.

며칠 전 우연히 영화 〈코코〉의 OST 속 '기억해줘'를 다시 듣게 되었다.

'날 기억해줘. 이젠 안녕을 말하지만/ 날 기억해줘. 나 때문에 울지 마/ 내가 멀리 있을 때도 넌 내 맘에 있어/ 떨어져 있는 매일 밤 난 몰래 널 위한 노래를 불러.'

'영원히 기억하고 싶은 사람이 있나요?'라는 포스터의 문구를 떠올리며 기억한다는 건 무엇일까를 다시 생각해 본다. 살아 있는 자들의 땅에 자신을 기억하는 사람이 아무도 없다면 세상에서 사라지는 것이라는 영화 속 이야기처럼 기억이라는 건 어쩌면 인간이 영원히 살아가기 위한 단 한 가지 조건일지도 모르겠다. 아무도 나를 기억하지 않고 생각하지 않는다면 살아 있어도 그 생은 죽음과 별반 차이가 없으리라.

기억은 제멋대로 소멸되고 생성된다. 생성된 기억은 그리움이 되고 그리움은 다시 사랑으로 가슴에 남는다. 기억은 새롭게 생성되며 그 안에서 불현듯 숨 쉬고 살아난다. 늘 거기 그대로 있었던 것처럼 말이다. 그래서 기억은 따뜻한 사랑이다. 껴안아 주는 체온만큼이나 따뜻하게 저장되는 기억이라는 온도는 언제나 사랑의 온도와 같다.

기억하는 만큼 사랑하고 기억하는 만큼 그리워하고 있다. 기억하는 한 함께 있는 것이다. 기억이라는 사랑을 소환해본다. 그 촉감에 닿아 있는 온기가 오늘도 나를 살게 한다.

그리운 사람
한 명쯤은
있어야
인생이다

가끔 유튜브로 좋아하는 노래를 찾아서 들을 때가 있다. 며칠 전에는 드라마 〈슬기로운 의사생활〉과 영화 〈더 클래식〉에 삽입되었던 자전거 탄 풍경의 노래 '너에게 난, 나에게 넌'에 심취해 가을바람을 등지고 걸으며 무한반복 재생을 했다.

'너에게 난 해질녘 노을처럼 한 편의 아름다운 추억이 되고/ 소중했던 우리 푸르던 날을 기억하며 후회 없이 그림처럼 남아주기를/ 나에게 넌 외롭던 내 지난 시간을 환하게 비춰주던 햇살이 되고/ 조그맣던 너의 하얀 손 위에 빛나는 보석처럼 영원의 약속이 되어.'

스콜 같은 비가 쏟아지는 대학 캠퍼스에서 점퍼 하나를 머리에 쓴 채 뛰어가는 남녀 주인공의 모습 속에 삽입된 이 노래의 영상을 보고 있으려니 그 설렘 속에 담긴 젊음이 못 내 그립고 부러웠다. 영화 〈어바웃 타임〉에서 빗속을 빨간 드레스 차림으로 내달리며 함박웃음을 짓던 레이첼 맥아담스, 그리고 〈졸업〉 속 하얀 웨딩드레스를 입고 달리던 캐서린 로스의 모습까지 머릿속에 오버랩 되며 그 따뜻한 감성이 나를 그리운 그 시절로 데려다주고 있었다.

유튜브에서 가끔 음악을 찾아 듣는 것은 음악뿐 아니라 그 음악을 들은 사람들의 댓글을 읽어보는 재미도 있기 때문이다. 같은 음악을 듣고도 서로 다른 생각을 하는 사람들을 보며 새로운 시각에 감탄하기도 하고 때론 내 속을 들여다본 듯한 같은 생각에 혼자 '오~ 맞아'를 연발하며 웃음 짓기도 한다. 이 노래에 공감 하트를 눌러준 댓글 하나가 눈에 들어왔다.

'그리운 사람 한 명쯤은 있어야 인생이지.'

그래, 그렇다. 인생을 살아가며 마음속에 그리운 사람 하나쯤은 있어야 한다. 그래야 사는 거다. 그래야 살 수 있다. 그게 인생이다. 그 누구라도 그리운 사람 하나 있다는 건 행복이다. 그가 사랑한다는 말 대신에 안녕을 고해야만 했던 이루어질 수 없었던 사랑일 수도 있고 오랜 시간 보지 못했던 다정한 친구나 선후배일 수도 있고 이미 같은 하늘 아래 존재하고 있지 않은 사람일 수도 있겠다. 그 누구라도 좋다.

영화 〈어바웃 타임〉을 보며 작은 대사 하나하나가 마치 살아 움직이는 것처럼 느껴져서 마음에 오래 남은 적이 있다. 시간을 초월하여 몇 번의 공간을 지나도 삶은 하나로 이어지고 있었다. 어쩌면 우리의 삶은 영화처럼 매 순간순간이 커다란 원을 그리듯 돌고 도는 시간여행일지도 모른다. 만약 나에게도 시간을 되돌릴 수 있게 되는 선택의 순간이 온다면, 그 시간을 거슬러 올라가서 만나고 싶은 그리운 사람과 그 시절은 언제일까 잠시 생각해 본다. 떠오르는 그리운 얼굴들을 생각해 보는 것만으로도 미소가 지어지고 가슴이 벅차오른다.

'인생은 누구나 비슷한 길을 간다. 결국은 늙어서 지난날을 추억하는 것일 뿐이다. 결혼은 따뜻한 사람하고 하거라.'

〈어바웃 타임〉 속 영화 대사처럼 나도 따뜻한 사람과 살고 있다. 그 따뜻함 속에서 살았기에 내 그리움은 시간이 지나도 메마르지 않고 이렇게 살아서 펄떡거리나 보다. 그리움이란 게 그렇다. 비가 오면 비가 와서, 햇살이 밝으면 햇살이 밝아서, 눈이 내리면 눈이 내려서, 꽃이 피면 꽃이 피는 대로, 바람이 불면 바람이 부는 대로 모두 다 그리움의 언어가 되어 마음에 한 줄 한 줄 돋을새김을 한다.

라디오 방송에 오랫동안 패널로 출연했던 선배가 어느 날 문득 말한다. 나이가 들어 본업에서 조금 자유로워지면 그때 꼭 해보고 싶은 일이 있다고. 그는 행복한 미소를 지으며 한 세대를 건너온 시니어들의 사랑과 그리움을 방송에서 담담히 풀어보고 싶다고 말한다. 나이가 들어갈수록, 살아온 시간이 하나씩 고리 모양의 나이테만큼 쌓일수록 가슴이 시리다. 그 시린 가슴 위로 그리운 얼굴 하나 떠오르면 먹먹하면서도 햇살 가득한 찬란한 슬픔이 느껴진다. 마치 한겨울 검은 갯벌이 빙하처럼 하얗게 빛나듯 가늠할 수 없는 감정의 엇갈림을 경험하게 한다.

그리움은 경이롭고 신비로운 사랑이다.

내 안에 아직도 살아 숨 쉬는 것에 대해 잠재우지 못한 절절한 사랑의 고백이다.

하늘 위로 말간 바람이 불어오는 날 고개를 들면 보이는 얼굴.

붉은 노을빛 석양이 질 때, 그날의 하늘과 닮은 얼굴 하나.

빰을 스치는 바람 한 점에도 온통 마음이 흔들리는 그리운 얼굴 하나.

때론 가슴이 먹먹하고 눈물이 나도 그런 그리운 사람 하나 가슴에 품고 살 수 있다는 건 축복이다.

그리운 얼굴 하나쯤은 가슴에 품고 살자. 그래야 인생이다. 그래야 사는 거다.

내가
너의 곁에서
살았던 날

가을비가 그리움의 끝이 되고 겨울비가 기다림의 시작이 되는 날이 있다. 사랑을 시작하면 기쁘고 행복한 날만큼이나 아프지 않은 날, 외롭지 않은 날이 없다. 그러나 비켜갈 수 없다. 비켜 갈 수 있다면 그때는 그 사랑이 끝난 후가될 테니까. 어쩌면 사랑은 둘이 하는 게 아니라 혼자 하는 것인지도 모른다. 그래서 이별은 힘들다. 그 사람만 잃는 것이 아니라 나도 함께 잃기 때문이다. 내 기쁨도 송두리째같이 사라져버리는 것이니까.

사랑은 이미 시작하는 순간부터 이별을 향해 걸어가고이내 그 이별 앞에 서 있게 되는 순간을 맞이한다. 함께 서 있었던 그 풍경 속에서 나 홀로 걸어 나와야만 할 때가 있다. 서럽지만 그것도 사랑이다. 슬프지만 그것이 사랑이다. 그래서 사랑이 시작되었다고 심장이 신호를 보낼 때면 머리에게도 물어보아야 한다. 아플 텐데 괜찮겠냐고, 감당할 수 있겠느냐고.

> 당신이 세상을 바라보는 시선을 사랑해요. 당신의 옆에서 당신의 시선으로 세상을 볼 수 있어서 행복했어요.
>
> – 영화 <Her> 중에서

사랑하는 사람의 시선으로 함께 보는 세상을 좋아한다. 사랑하는 이에게 내 마음을 건네주면서 행복했고 그가 준 그 마음을 아끼고 또 아끼며 가슴 벅차 했던 날들이 있다. 그의 목소리, 웃음 한 조각에도 마음 설레며 걸어왔던 시간이 내 안에 숨 쉬고 있다.

함께 바라보던 세상이 내 세상의 전부였고 세상에 존재하는 모든 것들이 나를 향해 웃어주었다. 세상에 존재하는 모든 것들이 나를 향해 반짝거리며 빛나고 있었다. 세상에 존재하는 모든 것들이 나에게 다정히 말을 걸어오고 있었다. 그 시간 속에는 빛나는 그가 있고 그 안에서 행복한 내가 있었다.

눈에서 멀어지고 이별 앞에서 고개 숙이는 날이 와도 이 세상 모든 사랑은 서글픔이 아닌 황홀이어야 한다. 헤어짐 앞에서는 더더욱 그래야 한다. 그토록 사랑했던 사람이 마음에서 멀어지는 상실의 순간이 와도 슬픔보다 더 깊은 황홀을 먼저 떠올릴 수 있어야 한다. 온전히 사랑했으므로 온전히 떠날 수 있다. 물론 알고 있다. 황홀이란 말로 묻어가는 게 억지스럽다는 걸. 그러나 나의 수줍고 부끄러운 사랑 고백을 들어주었던 봄꽃들이 피어나고 있다. 황홀이어야만 한다.

다시
시작해도
될까요

'처음처럼'이라는 소주 브랜드의 이름에 끌린 후, 한동안
내 의식 속 세상에 소주는 오직 '처음처럼'만 존재한 적이
있었다. 신영복 선생님의 필체가 그대로 담긴 그 병을 보고
있으면 선생님의 글과 함께 마음 안에서 어우러져 혼자 또
다른 글을 쓰고 있었다. 그런 날에는 소주를 홀짝거리며 마
신 뒤 올라오는 취기까지 더해져 초록의 병에 담긴 그 술이
마치 샘물처럼 맑고 정결해 보이기까지 했다.

처음이라는 건 언제나 설레고 떨린다. 산다는 것은 수많
은 처음이 모여 삶이라는 여정을 만들어 가는 것이다. 늘
처음 살아보는 오늘이, 같은 일상이 반복되는 것 같은 데자

뷔처럼 지난 한 시간이 아닌 새롭게 탄생 되는 날이길 바라는 마음이다. 처음처럼이라는 말 그대로 기분 좋은 설렘을 안은 채 말이다.

요즘 또 끌리는 이름을 만났다. 한참을 들여다보고 흡족한 미소를 지었던 이름은 네이버 블로그에 신규 서체로 새롭게 나온 '다시 시작해'체이다. 뭔가 글을 쓸 때 글꼴을 무엇으로 정할지에 많은 시간을 들이는 나에게 새로운 서체의 출시는 신선한 즐거움이다. 게다가 '다시 시작해'라니. 그 이름만으로도 용기를 내어볼 수 있는 의지를 마치 배당금처럼 받은 것 같아 마음에 든다.

유한한 시간 앞에서 이제는 지나고 나니 보이는 것들 사이에 서 있다. 다시 시작할 수 있으면 얼마나 좋을까 물끄러미 바라보며 뒤돌아보는 것들도 있다. 시간을 거슬러 올라가 만나고 싶은 사람도 있고, 다시 처음처럼 시작하고 싶은 삶의 지점도 있기에 혼자 아쉬워하며 떠올려 보기도 한다. 그러나 언제나 선택과 결정의 기로 앞에 서 있었던 그 순간만큼은 늘 그 지점에서 할 수 있는 최선의 결정을 했다. 비록 그것이 만족스러운 결과가 아니었다고 해도 말이다.

원한다고 모든 걸 처음으로 리셋하여 다시 시작하지 못한다는 것을 알고 있다. 하지만 기지개를 켜듯 한껏 마음을 부풀려본다. 처음으로 돌아갈 수는 없어도 다시 시작할 수 있는 것들은 분명 있다.

　새봄이다. 다시 시작하기 좋은 날이다. 연초록의 풀들이 돋아나기 시작하고 꽃들도 마치 세상이 처음인 양 수줍게 모습을 드러내기 시작했다. 다시 시작하기에 늦은 날은 없다. 어쩌면 우리는 매일매일 다시 시작하고 있는 것인지도 모른다. 지나온 시간과 버티고 살아온 삶의 무게를 딛고서 단단하게 영글어 가는 오늘을 묵묵히 만들어 가고 있다.

그런
사람을
가졌는가

　정말 좋아하는 것에 대해서는 모든 걸 아낀다. 말 한마디
도 글 한 줄도 아끼고 또 아낀다. 그렇게 아낀 글과 말은 마
음이 제멋대로 헝클어진 실타래를 만들어 놓을 때면 그것
을 풀어 보드라운 옷 한 벌 내어준다. 정신없이 바쁜 상황
에 내몰려 물리적 시간의 부족함에 허덕일 때, 서로 다른 세
계를 가진 사람들과의 관계에 치여 숨 쉴 공간이 필요할 때
면 아끼던 말과 글을 하나씩 다시 꺼내 본다.

　시인이 될 수 없다면 시처럼 살라고 했는데 때때로 나를
시처럼 살게 해주는 사람이 있다. 무심한 듯 건네준 책 한
권에는 마음이 담뿍 담긴 글이 꾹꾹 눌러 쓰여 있다. 예기

치 못한 상황에 길을 잃을 때도 가보지 않은 길도 있음을 말해준다. 그 길 또한 나쁘지 않음을 담백하게 전해주곤 한다.

언제 들어도 좋은 말과 언제 들어도 슬픈 말이 무엇인지를 알고 있다.

언제 들어도 기쁜 말과 언제 들어도 아픈 말이 무엇인지를 알고 있다.

나는 참 좋다. 이런 사람이.

살아온 시간과 살아가는 방식이 달라도 나라는 사람의 전체를 있는 그대로 받아들여 주는 사람. 나의 못난 점을 누구보다 많이 알고 있음에도 마치 온기 담은 조약돌인 양 가슴에 품어주는 사람. 그래서 내가 나를 더 사랑하고 귀하게 여기게 만들어 주는 사람. 그런 사람을 가졌는가?

누군가를 좋아할 때 그 사람과 함께 있고 싶어지는 이유는 그 사람이 좋아서만이 아니다. 그 사람과 함께하는 그 시간 속의 내 모습이 아름답게 느껴지고 그 시간이 나를 가장 나답게 만들어 주기 때문이다. 그와 함께 있을 때 나의 모습이 내 맘에 꼭 들게 만들어 주는 사람이 지금 내 곁에 있다면 그건 축복이다. 크리스마스가 되면 기다려지는 산타클로스의 선물처럼 조건 없이 내게 건네진 기쁨이다.

예전에 가수 아이유가 나온 프로그램을 본 적이 있다. 사랑을 하면 제일 좋은 게 무엇이냐는 질문에 그녀는 이렇게 답한다.

"자존감이 높아져요. 내가 정말 나를 더 많이 사랑하게 돼요."

그래. 사랑은 그런 것이 아닐까. 그와 함께 있을 때의 내 모습이 근사해 보이고 정말 내가 괜찮은 사람이 되어가는 것 같아서 기쁜 마음이 드는 것. 그를 사랑하기 전에 내가 나를 더 사랑하게 만드는 힘. 그래서 내 안에 잠재되어 있었던 낯설지만 아주 괜찮은 나를 만나게 해주는 것이 사랑이다. 머리부터 발끝까지 변화할 수 있게 이끄는 힘이 사랑이다. 때론 내 인생을 극적으로 바꿔주기도 하는 힘. 그것이 사랑이고 그가 주는 기쁨일 것이다.

그래서 사랑은 성장이다. 나를 성장하게 해주는 사람, 나를 더 나답게 만들어 주는 사람, 그런 자신이 만족스럽게 느껴지게 하는 그런 사람을 우리는 일생을 살아가며 몇 번이나 만날 수 있을까.

나는 너와 함께 있을 때의 내가 가장 좋아

(I like me best when I'm with you)

그런 행운을 가졌는가?

누군가가 당신에게 "나는 너와 있을 때의 내가 가장 좋
아"라고 말할 수 있는

- 류시화, <좋은지 나쁜지 누가 아는가> 중에서

그런 사람이 지금 내 곁에 있는가?

그런 사람을 가졌는가?

나를 그런 사람으로 여겨주는 이가 있는가?

살아가는 내내 우리는 이 물음을 떠올리며 답해야 한다.
그런 사람이 곁에 있고 나 역시 그런 사람이 되어주고 싶다
면 그의 소중함을 잃기 전에 말해야 한다. 머뭇거리지 말고
사랑한다고. 그리고 당신과 함께할 수 있는 지금이 내 인생
에 있어 가장 행복한 날이라고 말이다.

언어보다 더 위대하고 진솔한 눈빛으로 그를 향해 말해
본다. 내 인생에 걸어 들어와 주어서 고맙다고, 변함없이
사랑하고 있다고, 슬픔에도 아름다움이 깃들 수 있다는
걸 알게 되었다고, 마치 오늘이 마지막인 듯 감사하게 되
었다고.

사랑은 한여름 밤의 꿈처럼 그렇게 보드랍고 달뜨고 들
뜬다. 때론 속상함에 눈물짓고 길을 잃고 헤매도 잃어버린

그 길마저도 오래도록 간직하게 한다.

　오늘, 언제 들어도 좋은 말이 가슴에 폭설처럼 소리 없이 내린다.

그대
생각

홍매화 송이송이 꽃봉오리 터질 때면
내 마음에도 매화꽃이 핍니다.
꽃망울 터질 때마다 어깨 위에
살짝 올라탄 여린 꽃잎들이
어느새 가슴 빈자리로 들어와
그대 향기로 붉은 꽃물이 듭니다.

가을바람 불 때면 내 마음에도 바람이 불어옵니다.
은빛 억새 풀이 제 한 몸 추스르지 못해 흔들릴 때
가을을 담고 불어오는 바람 같은 그대 숨결

그 작은 숨소리에도 내 몸이 흔들립니다.

초저녁 차가운 겨울 하늘 위로 저녁별이 뜰 때면
내 마음에도 따스한 별 하나가 뜹니다.
달빛 물 들은 별 하나가 고즈넉한 밤에 기댈 때
쌔근거리는 그대 숨소리 속으로 별이 집니다.

목련꽃
그늘
아래서

봄이 바람과 새순 사이에 머문다. 이런 날은 모두가 따뜻한 봄이고 예쁜 꽃인 날이다. 봄볕이 따스한 것도 봄꽃이 피는 것도 모두 내 안의 그리움 때문이다. 그래서 바람이 봄의 향기를 싣고 오면 연분홍 치마 휘날리며 보고 싶은 사람을 만나야 한다. 지나온 시간이 봄꽃 한 송이에 담겨 있는 사람을 만나러 봄길을 걸어야 한다.

봄꽃 피어나게 하는 그리운 이를 향해 봄길을 걷고 또 걸었다. 오늘 같은 날이면 박목월 시인의 '목련꽃 그늘 아래서 베르테르의 편지를 읽노라'로 시작하는 노래가 떠오른다. 하얀 목련꽃 송이송이 피어나는 4월이면 그 목련 나무 그늘에 앉아 편지를 써 보내고픈 사람이 내게도 있다. 좋아하는 책 한 권 내 옆에 앉아 읽어달라 조르고 싶은 사람이 있다.

어린 날 잔디밭 목련 나무 아래 그네를 매달아 태워주며 책을 읽어 주시던 아빠는 목련이 필 때면 어김없이 내게 미소를 지으신다. 두 손 꼭 잡고 그네를 타던 그 7살 꼬마 숙녀는 이제는 반백을 훌쩍 넘긴 아줌마가 되었고 아빠가 가신 사월의 봄이 벌써 스무 번이 넘게 지났다. 그러나 내 그리움의 끝에는 늘 아빠가 서 계신다. 사월이 되면 흐드러지게 핀 봄꽃들 사이로 아빠의 미소가 나를 향해 웃음 짓고 있다. 아빠가 가신 날에도 꽃비가 내려서 오늘처럼 꽃비 내리는 날이면 저미는 가슴 사이사이로 바람이 스민다. 땅도 봄꽃으로 물들고 하늘도 봄꽃을 뿌려댄다. 온통 봄날이다.

사월의 헤어짐은 더 아프다. 꽃 한 송이 피어나고 지는 일도 의미가 되고, 찬란하게 빛나는 햇살 안에 숨은 형벌같이 아픈 슬픔도 투명하게 빛나 살아 숨 쉰다.

봄이면 봄 소풍 가자며 꽃 구경시켜 주시고, 여름이면 야구 좋아하는 딸을 데리고 야구장으로, 가을이면 단풍 물든 산으로, 겨울이면 군밤과 호빵을 품에 안고 들어오시던 아빠의 미소가 가슴에 꽃물 들 듯 스며든다. 함께 오르던 산도, 함께 갔던 음악회도, 함께 보았던 봄꽃들도 모두 그 자리에 그대로인데 아빠만 안 계셔서 사월의 하늘은 꼭 한 번씩 나를 아프게 한다.

마흔이 넘은 늦은 나이에 직장 일과 대학원 공부를 병행하며 늦은 밤까지 서재 불 밝히시던 아빠의 그 모습이 내게도 늦은 나이에 대학원 공부를 시작할 수 있는 용기를 주었고 늘 행복한 마음으로, 조금은 더 따뜻한 시선으로 세상을 바라보게 하는 사랑과 긍정의 힘을 주셨다. 세상의 아빠들은 다 똑같은 줄 알았다. 너무도 따뜻하고 특별한 아빠라는 것을 알았을 때 아빠는 이미 곁에서 떠나신 후였다.

받은 것만 많고 되돌려 드린 게 없어서. 제대로 마음 한 번 표현해 드린 적이 없어 사월의 봄은 새살 돋지 않은 여린 살 마냥 아프다. 예전처럼 팔짱 끼고 함께 봄길을 걷고 싶어도 아빠는 사월의 봄바람 불 때만 살짝 머물다 가신다. 꽃 같은 그리움만 남기고 다시 먼 길을 그렇게 돌아서 가신다.

아빠가 하늘나라로 떠나실 때 감사했고 사랑했다는 인사를 못 했다. 오늘 벚꽃 가득하게 핀 가로수길을 걸으며 아빠에게 뒤늦은 인사를 한다. 내가 아빠 딸이어서, 그리고 아빠가 우리 아빠라서 나는 너무나 행복했고, 감사했다고 불어오는 바람에 실어 보내본다. 빛나는 꿈과 눈물 어린 무지개 계절이라던 그 사월의 노래처럼 말이다.

　오늘은 가슴 빈자리마다 벚꽃 향기, 아빠 향기, 그리고 보고 싶은 사람들의 향기까지도 가득 채워 넣고 다닌 어느 사월의 봄날이었다.

넌 따뜻한
나의
봄이다

30명이 똑같은 교복에 비슷한 머리 모양을 하고 앉아 있
는 단체 사진 속에서 단박에 아이를 찾아냈다.

"어떻게 그렇게 금방 찾아?"

아이는 신기한 듯 놀란 눈을 동그랗게 뜨고 내게 묻는다.

"사랑하니까! 사랑하는 사람은 어디에 있든지 한눈에 알
아볼 수 있거든."

한눈에 알아볼 수 있는 사랑하는 사람은 바로 우리 딸이
다. 눈에 보이는 외형적인 것보다 보이지 않는 곳에 더 이
쁜 마음을 놀랍도록 많이 담아두고 있다. 자신에게 주어지
는 행복이 무엇인지 명확히 알고 그 행복의 순간을 포착할

줄 아는 빼어난 능력을 타고난 아이이다.

오래전 딸 아이가 중학교에 다닐 때 일이다. 시험에서 기대치에 못 미치는 점수를 받은 딸을 심하게 나무란 적이 있다. 조용히 듣고 있던 아이가 갑자기 눈물을 뚝뚝 떨어뜨리며 말한다.

"난 공부를 못하는 애가 아니야, 뛰어나게 잘하지 못할 뿐 그게 못하는 건 아니잖아. 모든 사람이 다 1등을 하고 박사님이 돼서 공부하고 연구만 하면 내가 좋아하는 고깃집은 누가 하고 엄마가 좋아하는 옷가게는 누가 하겠어. 우리 담임 선생님은 나 같은 애만 학교에 있으면 정말 좋겠다고 하셔. 국어 선생님은 나보고 해피한 아이래. 근데 엄마는 왜…."

한참 굵은 눈물방울을 쏟고 난 후 딸 아이는 학원에 다녀오겠다며 집을 나섰다. 그날 저녁 내내 마음이 무겁고 아팠다. 교육이란 내 아이가 우월한 지위에 가도록 하는 도구가 아님을, 그것이 성공의 조건이 될 수 없음을 알고 있다. 공부를 잘하는 것도 단지 무수히 많은 재능 중 하나일 뿐인 것을. 그게 뭐 그리도 대단한 것이라고 왜 내 아이에게만 적용하지 못했을까. 그 어여쁜 맘을 아프게 한 게 미안해서 머리만큼이나 묵직해진 마음으로 며칠을 보냈다.

이 주쯤 지났을까. 학교에서 돌아온 아이는 가방에서 뭔가를 꺼내놓으며 방긋 웃음을 지었다.

"엄마, 지난번에 학교에서 했던 인성 검사표 나왔어."

읽다 보니 저절로 미소가 번졌다. '상당히'라는 말이 많이 들어 있는 진단표에 나도 상당히 웃음이 나왔다.

상당히 다정다감하고 낙천적이며 친절합니다.
상당히 성실하고 정확하며 책임감이 강합니다.
매우 쾌활하고 적극적이며 배짱이 있습니다.
상당히 안정된 정서를 가지고 있으며 대화하는 걸 즐겨합니다.
상당히 실리적이며 빈틈없이 신중합니다.

그런 딸이 대학을 졸업하고 취업을 하고 이제 사회인이 되었다. 놀랍도록 똑 부러지고 명료한 모습으로 자신의 앞가림을 한다. 너무 현명하고 야무져서 가끔 내 딸이 맞는지 의아해하는 주변의 의심스러운 눈길을 받는 것에 서로가 익숙해졌다.

늦은 밤, 퇴근 후 잠든 딸의 얼굴을 물끄러미 바라본다.

있잖아. 엄마가 너에게 꼭 해주고 싶은 말이 있어. 무조건 열심히 사는 삶보다는 재미있게 즐길 줄 아는 삶을 살았으면 좋겠어. 배려심 많은 지금의 너도 좋지만, 타인에 대한 배려만큼이나 너 자신에 대한 배려가 우선이어야 한다. 타인의 프레임에 너를 가둬두지는 말아야 해.

만약 남자친구와 이별하게 되는 일이 생겨도 방문 걸어 잠그지 말고 씩씩하게 걸어 나오자. 계절이 오고 가듯 시간은 흐르고 그렇게 사랑도 또 오거든. 사랑이 하나는 아니야. 그러니 사랑할 때는 모든 걸 다 주고 헤어질 때는 좋았던 기억만, 널 웃음 짓게 했던 순간만 남기자. 시간이 지나고 나면 또 너를 성장하게 하고 성숙하게 해주는 사람을 만나게 될 거야. 머리가 아닌 마음이 먼저 알아보는 그런 사람을. 너의 웃음과 눈물과 시간을 나눠 가져줄 수 있는 사람이 곧 너의 사람이야.

엄마는 네가 선한 눈빛과 따뜻한 언어를 지닌, 그래서 함께 있으면 좋은 사람이 되었으면 좋겠어. 네가 정말 좋은 사람이 되면 네 곁에도 좋은 사람만 머물게 되거든.

네가 서 있는 곳의 풍경은 오직 너만이 아름답게 그릴 수 있다는 거 알고 있지. 그러니 네가 어떤 일을 하더라도 너의 모습을 보여줄 수 있는 사람이 되어야 해. 걱정하지 말고 겁내지 말고 네가 살고 싶은 삶을 살 수 있어야 해. 한 걸음 더 용기 있게 앞으로 걸을 때 삶은 네게 경이로움의 빛을 보여 줄 거야.

이제 시작일 뿐이야. 삶에는 여러 가지 방법만 존재할 뿐 정답은 없어. 가장 너다운 방법으로 네 삶을 살면 돼. 모든 계절이 다 아름답지만, 너는 특히 찬란하게 빛나는 아름다운 5월을 닮았다. 그 5월만큼이나 너를 사랑한다.

넌 5월의 봄이다. 엄마의 따뜻한 봄이다.

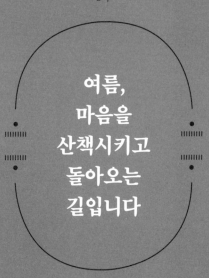

3부

여름,
마음을
산책시키고
돌아오는
길입니다

숨을
고르고
마음을
고르고

인간은 외롭고 연약한 존재이며 동시에 굳건하고 강한 존재이기도 하다. 스치는 바람에도 흔들리는 보드라운 풀잎이 되기도 하고 때론 매서운 칼바람을 견디는 강인한 겨울나무가 되기도 한다.

그렇기에 매일 아침 눈을 뜨고 따사로운 햇살을 맞이하고, 청아하고 시원한 바람의 섬세한 결을 느끼는 것, 그리고 초록의 숲을 걷는 것은 너무도 중요한 일이다. 그것은 위로받는 일이며 살아야겠다는 생각 속에 우리를 머물게 한다.

그 일이 중요한 것임을 알아차린 건 제주에서 맞이한 어느 봄이었다. 햇살이 따사로워지고, 대지가 촉촉이 물기를 머금고 부드러워지기 시작하는 날로부터 그것들이 내게 왔다. 그해 봄, 오랜만에 찾은 제주의 숲은 새소리, 바람소리, 물소리 그리고 생명의 숨소리를 담고 깃털보다 가볍게 마음에 내려앉고 있었다.

숨을 고르는 일은 곧 마음을 고르고 생각을 고르는 일이다. 내 안에 잠들어 있는 모든 감각 기관을 깨우는 일이다. 그것을 봄 숲이 해주고 있었다. 빛은 어둠이 짙게 깔릴수록 잘 보이고, 사진은 암실에 들어가야 그 형체가 보인다. 봄 숲의 바람과 풀은 내 안에 있는 모든 생각과 상념의 흐름에 불을 잠시 꺼준다. 그럴 때면 마음 깊은 곳에서 잠자고 있던 것들이 고요하게 수면 위로 형체를 드러낸다. 5월의 봄 숲은 그 형체를 연두와 청록으로 반짝거리며 투영시켰다. 그럴 때면 보드라운 흙에 뿌리 내린 여린 초록의 쑥을 뜯듯 살살 나를 어루만져 주어야 한다.

안쪽의 욕망과 바깥쪽의 감정이 머릿속에 꽉 차 있을 때, 보이지 않았던 생각의 원형을 찾아 고요히 눈을 감고 그 간절함을 꺼내 본다. 숲에서는 그것이 가능하다. 그 어려운 일을 숲이 내게 해주고 있다.

경남 합천에는 장경판전이 있는 해인사가 있다. '해인'의 한자어를 보면 바다 '해'에 도장 '인' 자를 쓴다. 고요한 바다에 마치 도장을 찍듯이 그대로 삼라만상의 참된 모습을 물 속에 비추어 경지에 이른다는 뜻이다. 바다뿐 아니라 숲도 그렇다. 내 모습 그대로 내 안에서 나를 비추어 준다. 마음을 정갈하게 만들어 주고 몸과 마음에 휴식의 공간을 내어 준다. 투명하게 나를 들여다보고 숨 쉬게 해준다. 그래서 바다를 찾고 숲을 찾는 일은 모두 숨을 고르고 마음을 고르는 일이다.

우리가 살기 위해 해야 하는 일, 숲과 바다의 고요를 만나는 일이다. 그 안에 펄떡이며 살아 숨 쉬는 투명한 내가 있다.

산책하는
길에
담아온
마음

같은 데자뷔의 연속 같아도 오늘은 언제나 처음 시작되
는 새로운 날이다. 아침이면 제일 먼저 기분 좋게 눈을 떴
음에 감사하고 열어 놓은 창문 틈으로 서늘한 바람이라도
불어와 살갗에 닿으면 행복하다. 내 몸과 마음에 조금은 여
유가 생겼나 보다. 이렇게 편안한 마음으로 아침 바람이 고
와진 것을 알아차릴 수 있으니 말이다.

오늘은 이른 아침 남편과 산책을 다녀왔다. 숨 가쁘게 돌
아가는 일상을 버텨내느라 침대에 누우면 그대로 냉동인간
이 되어 잠이 드는데 이렇게 해동을 시켜주는 사람이 곁에
있으니 얼마나 다행인가 싶다. 몸을 움직이는 걸 좋아하지

않는 습성상 매번 끌려나가다시피 했던 산책이지만 요즘은 산책하는 길이 참 좋다. 생각해 보면 늘 같은 길, 같은 모습의 산책로인데 내 마음이 자리하고 있는 곳에서 어떻게 바라보느냐에 따라 그곳의 풍경이 새로운 모습으로 달라진다.

오고 가는 길에서 만나는 살랑 바람과 발끝에 보드라운 감촉으로 다가와 인사해주는 흙이 참 좋다. 날마다 조금씩 키가 크고 잎을 키우더니 어느 날 불쑥 인사를 해주는 꽃들도 있다.

"남들 꽃 잔치 벌일 때 너는 뭐 하고 있다가 남들 질 때 이제야 피어나냐?"

담홍색 구절초에게 물어보니 이게 나의 계절이라고 당당하게 말한다. 그 모습이 어찌나 예쁜지 이내 네가 제일 예쁘다고 말해준다.

여자보다 꽃이 아름다워 보일 때 남자들은 나이 들어감을 느낀다고 하는데 내 눈에도 이리 꽃이 어여쁜 걸 보니 어찌해야 할지 모르겠다. 손예진에게는 져도 작은 들꽃에게조차 지고 싶지 않았는데 이미 한참 전부터 지고 있었던 것이 분명하다. 안치환의 '사람이 꽃보다 아름다워'를 혼자 흥얼거리며 위안 삼아본다.

꽃들에게도 지고 있는 건 비단 이것만이 아니다. 요즘 또 너무 말이 많아졌다. 한두 마디면 충분히 전할 수 있는 걸 되풀이하며 강조하고 설명하려 하고 이해시키려 한다. 생각이 정리되기도 전에 벌써 말은 입 밖으로 튀어나오고야 만다. 고민하는 내 마음을 설득하기도 전에 남의 마음부터 들여다보고 설득하려 한다. 마음 안에 머물지 못하고 정리되지 않은 채 흩어진 말들이 상대에게 제대로 온전히 전해질 리 없다.

그렇게 말을 마구 쏟아낸 날이면 나는 또 후회하고 외로워진다. 어제도 그랬다. 아니 실은 요즘 계속 그런다. 너무 많은 말들을 쏟아냄으로 인해 듣는 사람을 피곤하게 만들고 나를 피곤하게 만든다. 혀끝에서 빛이 나는 사람이 되고 싶은데 그 혀를 다스리지 못해 부끄러움을 안은 채 어둠으로 들어갈 때가 있다. 신중한 생각의 침묵이 필요할 때이다. 내가 만들어 낸 말의 그늘로 인해 내 마음의 햇빛이 사라지기 전에 말이다.

꽃도 나무도 풀도 말이 없다. 말이 없기에 아름답다. 그 모습만으로도 말보다 귀한 이야기와 감정을 전해준다. 나에게도 그 모습만으로도 아름다운 말을 전할 수 있는 감각적이고 원초적인 침묵이 필요할 때이다. 해마다 돌아오는 계절도 해마다 피는 꽃도 같지 않다. 올가을에는 내 안에

침묵의 꽃을 피워야겠다. 집으로 돌아오는 길 구절초에게 또 슬쩍 말을 건넨다.

"너 정말 예쁘다. 근데 그거 알아? 나도 앞으로 조금 더 예뻐질 예정이야. 보여줄게. 예뻐진 나를."

산책하는 길 마음의 보따리에 또 약속을 담아왔다. 큰일이다. 지켜야 한다. 지키고 싶다.

소고기
사주는
사람의
진의

얼마 전 SNS에서 재미있는 사진을 한 장 봤다. 어느 고깃집 식당에 걸린 문구를 찍은 사진이었다.

'소고기 사주는 사람을 주의하세요. 대가 없는 소고기는 없습니다. 순수한 마음은 돼지고기까지입니다.'

순간 피식 웃음이 났다. 사실 한우 고깃값이 워낙 비싸니 한우를 먹는 날이 일 년에 몇 번 안 될 만큼 소고기는 귀하다. 그런 비싼 고기를 사줄 때는 분명 이유가 있을 것이다. 사랑하거나, 이용하거나. 둘 중 하나겠지.

〈원숭이 꽃신〉이란 동화가 있다. 원숭이가 사는 곳은 먹을거리가 풍부하고 기름진 곳이었다. 그 먹거리가 탐난 오소리는 어느 날 원숭이에게 예쁘고 보드라운 꽃신을 선물로 준다. 원숭이는 그 신을 신고 다니니 돌부리에 발이 걸리고 부딪쳐도 아프지 않았고 걸을 때의 폭신폭신한 감촉까지도 황홀해서 기분이 좋았다. 오소리는 원숭이에게 꽃신을 계속 가져다준다. 맨발로 살아도 아무 불편이 없었던 원숭이는 이제는 꽃신을 신지 않으면 발이 아파서 걸을 수가 없다. 그러던 어느 날부터 오소리는 꽃신에 익숙해진 원숭이를 보며 더는 공짜로 꽃신을 주지 않았다. 원숭이는 이제 비싼 값을 내야만 꽃신을 신을 수 있다. 꽃신을 스스로 만들어 보려고도 했지만 그건 더 어려운 일이었다. 결국 원숭이는 오소리에게 먹이를 가져다주고 청소를 하며 개울을 건너 주는 허드렛일을 하고서야 꽃신을 얻어 신는 신세가 되었다.

절대로 신어서는 안 되는 신을 신은 원숭이는 오소리에게 자유를 속박당하고 말았다. 그런 원숭이의 모습을 통해 우리 삶의 방향성에 대해 생각해 본다. 대가가 없는 공짜는 없으며 그것이 공짜가 아니라는 것을 깨달았을 때는 원지점으로 돌아갈 용기와 결단이 있어야 한다. 머뭇거리며 애써 외면하면 더 큰 고통이 기다리고 있을 뿐이다. 돌이킬 수 있는 지점을 놓쳐서는 안 된다.

지금도 우리 주변에는 많은 꽃신이 있고 그것들은 날마다 우리를 유혹하고 있다. 얼마 전 신문 기사를 보며 플랫폼에 사로잡힌 우리의 삶 또한 별반 다르지 않음을 느꼈다. 처음에는 무료였으나 이제는 비싼 수수료가 생겼음에도 불구하고 그것이 주는 편리함으로 인해 기꺼이 지갑을 열고 있다. 구글이나 카카오 등 플랫폼 기업들 역시 무료로 제공하던 서비스를 일부 유료로 전환하고 있다. 이제는 웹소설이나 음악, 웹툰 등 모든 콘텐츠에 이용료를 지불하고 결재를 하기 위해 수수료를 내고 있다. 기업이 준 꽃신이며 그들의 오래된 방식이다. 그뿐만이 아니다. 우리 사회에는 아직도 무수히도 많은 꽃신이 여기저기에 널려 있다. 정치인들이 자주 하는 말인 '대가성 없이 순수한 의도였다'라는 말의 진의를 우리는 누구보다 잘 알고 있다. 그럼에도 아무 생각이나 의심 없이 꽃신 속에 발을 넣을 때가 있다.

대가를 치른다는 것은 그것이 어떤 것이든 고통스러운 일임에는 분명하다. 앎에도 대가가 있고 욕심과 절제하지 못한 욕구에도 대가가 따른다. 모든 선택에는 대가가 따르고 때로는 유쾌하지 못한 쓰린 상처를 남기기도 한다. 그러나 그 모든 걸 알면서도 꽃신을 신고 소고기를 먹을 때가 있다. 그 파장을 마치 모르는 것처럼, 심지어 열심히 소고기를 스스로 굽기까지 하면서 말이다. 그 소고기 속에는 주는 사람의 이기심만 있는 것이 아니라 받는 사람의 만족감 또한 있기 때문이다. 그러나 생각하자. 지금이 과연 소고기를 먹어도 될 상황인지 말이다.

식당에 걸린 문구를 보며 생각해 보니 나에게도 비싼 한우고기를 가끔 사주는 사람과 그것을 먹어야 하는 상황이 있다. 앞으로 비싼 한우를 먹을 때면 생각해야 한다. 그 치러야 할 대가가 무엇인지. 사랑하는 이의 순수한 마음이 담긴 사랑인지, 돌이킬 수 없는 후회를 가득 안겨줄 고통인지 말이다. 물론 난 내가 좋아하는 사람들이 사주는 소고기는 당연히 사랑이라고 믿는다. 별다른 의심도 하지 않는다. 그건 내 마음이 그리 말해주기 때문이다. 그렇기에 오늘도 아주 맛있게 소고기를 먹고 왔다. 내 마음은 언제나 내게 정직했다. 늘 순간에 흔들리는 건 마음이 아닌 계산적인 머리이다. 난 나의 마음을 믿는다. 오늘 먹은 소고기는 사랑이다.

두 번째
죽음은 없다.
잘 죽어야
한다

　석양이 드리운 붉은 하늘을 보며 아름답게 사그라드는 꿈을 꾼다. 계절이 어김없이 오고 가듯 우리의 삶 또한 그렇게 만남 뒤엔 이별이 있다. 그 이별 중에 가장 슬프고 고통스러운 건 죽음 앞에서의 헤어짐이 아닌가 싶다. 죽음은 다시는 사랑하는 이들을 볼 수 없는 아픈 이별이며 외롭더라도 혼자 홀연히 떠날 수밖에 없는 삶의 마지막 종착지로 향하는 발걸음이다. 그 고통과 두려움을 누구와도 나눠 가질 수 없고 오롯이 혼자 감당해야만 한다. 그렇기에 떠나는 이는 더욱 외롭고 힘들며 남아 있는 이 역시 사랑하는 사람을 잃은 상실감으로 고통스럽게 아프다.

내 인생에 대한 예의를 지키고자 가끔 죽음에 대해 생각하는 날이 있다. 언젠가 반드시 죽을 것은 너무도 명확한데 언제 어떻게 죽을지는 전혀 알 수 없기에 때론 내일 당장 죽을 것처럼 두려워하기도 하고 어느 날은 천 년 만 년을 살 것처럼 행동하기도 한다. 그러나 느끼지 못할 뿐 우리는 매 순간 조금씩 죽어가고 있다.

죽음으로 인한 상실과 그에 대한 대처법, 죽음 이후의 사후세계 그리고 죽음이 우리 삶에 던지는 의미와 그 의미를 담은 살아 있는 시간의 계획까지, 죽음은 생각보다 많은 성찰이 필요한 난제인 것은 분명하다. 나 역시도 건강에 문제가 생겨 병원을 들락날락할 때마다 죽음을 생각했었고 죽음이 홀연히 내게 찾아왔을 때 그 앞에서 나는 과연 무엇을 할 수 있을지에 대해 고민했던 날들이 있었다.

첫눈, 첫사랑, 첫 출근. 첫 시도 등 첫 글자로 시작하는 말은 모두 새로운 설렘을 준다. 그러나 첫 죽음이라는 말은 없다. 당연히 설렘도 없고 두려움만 존재할 뿐이다. 처음이자 마지막이기에 정말 잘 살고 잘 죽어야 한다. 모든 심리학이 죽음과 연결되어 있다고 말하는 건 죽음은 누구나 피할 수 없는 것이며 삶의 일부이기 때문이다. 그래서인지 요즘 우리 사회에서는 웰다잉에 대한 관심도 높아지고 있는 것 같다. 이제 죽음은 별개가 아닌 삶의 일부이다. 그에 따라 어떻게 삶을 마감할 것인지에 대한 고민도 깊어지고 있다. 이젠 죽는 것도 잘 죽어야 하는 시대이다. 이왕 한번 죽는 거 우아하고 품격있게 죽고 싶은데 그게 생각만 해도 어렵다. 그 중요한 선택권이 왠지 나에게 없다는 생각이 들때면 나 역시도 고민이 커진다. 그러나 아이러니하게도 어떻게 죽을까에 대한 고민은 언제나 역으로 어떻게 살까로 귀결 된다.

어떻게 하면 유한한 시간을 후회하지 않고 매 순간 기쁘게 잘 살 수 있을까? 러시아의 대문호 표도르 도스토옙스키는 《죄와 벌》《카라마조프가의 형제들》《가난한 사람들》 등 러시아 문학뿐 아니라 세계문학의 지형도를 바꾸어 놓은 작가이다. 이런 그의 작품 배경과 삶의 바탕에도 죽음이 있다. 20대의 젊은 날 혁명운동에 가담하면서 사형수가 되고 광장으로 끌려가 말뚝에 묶여 죽음을 기다렸다. 그러나 방아쇠가 당겨지려는 순간 황제의 특별 명령이 내려지고 그는 죽음을 면하게 된다. 그때 그는 죽음의 나락에서 다시 삶을 살게 된 그 순간을 절대 잊지 않겠노라고 결심하며 자기의 남은 생을 '이미 죽은 사람들이 깨달은 것'을 표현하겠노라고 다짐했다고 한다.

이미 죽은 사람들이 깨달은 것! 그것을 알 수 있고, 생각하며 느낄 수 있다면 우리는 모두 지금보다는 훨씬 덜 후회하는 삶을 살게 되지 않을까. 왠지 죽음이라는 감당할 수 없는 슬픔에서도 자유로워지며 홀가분하게 죽음 앞에 이별을 받아들일 수 있지 않을까. 가눌 수 없는 슬픔에 빠져 허우적거리지 않고 남아 있는 사람들을 생각하며 따뜻한 편지 한 장 쓸 수 있을 것 같다.

얼마 전 어머니를 보내드린 후배가 눈물을 글썽이며 내게 말한다.

"언니, 엄마는 이제 내 곁에 계시지 않은데 냉장고를 열어보니 엄마가 주셨던 반찬이며 각종 요리 재료들이 그대로 차곡차곡 담겨 있어서 그걸 보며 또 많이 울었어요."

엄마가 가시기 전 손끝과 체온으로 주고 가신 그 모든 것들이 집 안 곳곳에서 살아 숨 쉬고 있었다. 남아 있는 사람들은 죽은 이가 남기고 간 소중한 선물들을 하나씩 찾아가며 또 그렇게 슬픔을 극복하고 치유해 나간다.

함께했던 시간의 특별한 기억을 떠올리며 행복을 추억할 수 있기에 죽음은 사랑하는 이의 육신의 부재일 뿐 완전한 소멸은 아니다. 육신만 떠날 뿐 모두 아낌없이 남기고 가는 것이다. 그렇다면 어느 날, 이제 갈 시간이 되었다고 홀연히 죽음이 내 앞에 나타났을 때 과연 내 것이라고 챙겨서 가지고 갈 수 있는 건 무엇이 있을까 생각해 본다. 그건 아마도 나를 가슴 뛰게 만들던 삶의 순간들, 사랑했고 사랑받았던 그 행복한 기억들일 것이다. 그저 숨을 쉰 시간이 아닌 숨 막힐 정도로 가슴 벅찬 시간을 얼마나 많이 사랑하는 이들과 나누었는지 돌아본다. 아마도 그것만이 내가 죽음 앞에서 웃음 지으며 신과 함께 조용히 떠날 수 있게 해줄 것이다.

살아 있다고 느끼는 순간들을 하나씩 모아야겠다. 그것만이 죽음에 대한 유일한 대비책일지 모른다. 우리는 모두 태어난 그 순간부터 죽음을 향해 걸어가고 있기에 살아 있는 오늘이 더없이 기쁘고 소중하다. 새벽녘의 매콤하고 쌉쌀한 공기, 해가 지는 서쪽 하늘의 노을, 물이 고인 웅덩이에 비친 무지개까지도 아름다운 날들이다. 살아 숨 쉬는 세상 모든 것은 아름답다.

그래, 어제 죽은 이가 그토록 간절히 바랐던 오늘이다. 오늘도 눈부시게 살아보자. 그래야 죽음 앞에서 웃음 지을 수 있다. 그래야 잘 죽을 수 있다.

'열심히 산 인생에는 조용한 죽음이 온다'라고 말했던 레오나르도 다빈치의 말을 떠올린다. 오늘도 죽는 날까지 열심히 잘살아 봐야겠다. 그리고 조용히 죽어야겠다.

이까짓 게
뭐라고!

바람이 다정하게 손 내밀고 햇살이 토닥거려 주어서일
까. 지치지 말고 신발 끈 다시 묶고 뛰어야 하는 계절인데
마음이 한없이 풀어지고 있다. 생각까지 엉켜버려 풀지 못
하는 실타래가 되어 툭 하고 앞에 던져질 때가 있다. 요 며
칠이 그랬다. 우선 코로나 속에 더 힘들게 왔을 계절과 반
갑게 인사부터 먼저 해본다. 생각의 실타래를 푸는 건 다음
일이다.

재작년 겨울 처음 코로나 공포가 왔을 때 이제 막 법인
사업자를 등록하고 서류에 잉크도 안 마른 상태라 정말 막
막했다. 이 무슨 날벼락인가. 왜 내 앞에 이런 벽이 생기는

건가. 잠도 안 오고 눈물만 찔끔 나왔다. 대한민국에서 최초로 그림책 콘텐츠 프로그램을 개발하고 판매하는 프랜차이즈 회사가 되겠다는 야심 찬 의욕으로 회사를 설립했다. 이제 막 한걸음 걸음마를 시작했는데 강의를 열 수 없고 사람들도 자유롭게 만날 수 없는 상황에서 나오는 건 월급이 아닌 한숨뿐이었다.

교육이나 예술을 비즈니스에 접목했을 때 그것을 고운 시선으로 보지 않는 경우를 때때로 마주하기도 한다. 아마도 소명 의식과 순수성이 담겨야 할 분야라고 생각하기 때문일 것이다. 그렇기에 때론 오해와 상처도 받고, 눈에 보이지 않는 허들도 넘어야 했다. 그러나 성장을 최우선으로 삼는 자본주의 사회에 살면서 내가 좋아하고 가치 있다고 여기는 일로 세상에 선한 영향력을 끼치며 생계까지 유지할 수 있다면 그건 축복이며 행복이다.

종이배를 타고 모험을 떠나는 그림책 속 주인공처럼 KTX를 타고 미지의 세계를 탐험하는 마음으로 거의 매주 지방 출장을 다녔고 화상으로 강의를 진행했다. 위기와 기회는 늘 공존한다. 코로나로 인해 더 빠르게 다가온 온택트 세상은 일에 대한 의욕과 삶에 대해 성찰, 트렌드에 맞게 나아갈 방향성을 찾고자 하는 많은 분을 연결해 주며 또 다른 공간에서 만나게 해주었다. 오히려 온택트 시장에서 더 빠르게 성장해 나갈 수 있었다.

바이러스와 맞서며 마스크까지 쓰고 다녀야 하는 힘든 시간이다. 그러나 한여름 태양만큼이나 뜨거운 열정이 우리에게 있다. 느리더라도 포기할 수는 없다. 변화의 흐름에 맞춰 방향을 수정할지언정 멈추지 않는다.

고백하자면 나는 성격도 급하고, 고집도 세다. 그래서 무엇인가에 꽂혀 반드시 해야겠다는 생각이 들면 그 순간부터 이미 그 일은 시작되고 있는 것이다. 그러나 마음이 동하지 않는 날은 온종일 침대에서 뒹굴뒹굴하며 게으름을 피우곤 한다. 혼자서는 여백의 미라고 중얼거리지만 게으름과 권태가 맞다. 그런 나를 내가 다스릴 방법이 있다면 그건 하나밖에 없다. 꼭 해야만 하는 일이 있을 때는 미리 주변 사람들에게 말부터 해놓는 것이다. 그럼 약속을 매우 중요하게 여기는 성격상 그것을 어떻게든 꼭 지키기 위해 부지런히 열심히 움직이게 된다. 그것이 나만의 뾰족한 실천 방법이다.

재작년에 처음으로 댄스를 배우게 됐다. 온종일 책상 앞에 있으려니 온몸의 관절이 다 아프고 나날이 허리가 어디인지 모르게 경계가 사라져갔다. 설상가상으로 콜레스테롤

수치까지 계속 올라가서 이러다가는 죽겠다 싶었다. 그런 내 눈에 아파트 커뮤니티에 올라온 라인댄스 수강 모집이 눈에 띄었고 이 미친 실행력은 이미 수강중을 쓰고 있었다.

몇 주가 지나니 역시 몸치에 박치라 힘도 들고 슬슬 귀찮아지기 시작한다. 쌓이는 일과 밀린 잠에 오전 강습은 날마다 시험에 들게 하고 하루만 쉬라는 유혹이 스멀스멀 올라온다. 이런 상황에서 스스로 마음을 다잡는 가장 확실한 방법은 역시 주변 사람들에게 말을 하는 것이다.

"올 연말 워크숍 때 내가 라인댄스 출 거니까 기대해줘. 내년 스페인 여행 때는 마드리드광장에서 아름답고 우아하게 왈츠를 출 거야."

제대로 해보자는 의지로 주말 개인 강습까지 받아 가며 노력한 끝에 그해 워크숍에서는 〈오페라의 유령〉 중 한 곡과 왈츠를 출 수 있었다. 비록 타고난 몸치는 어쩔 수 없어서 멋짐과 우아함 대신 큰 웃음만 주고 끝났지만 새로운 도전이었고 신나는 경험이었다. 더 야무진 꿈이던 마드리드광장에서의 왈츠는 코로나로 여행이 무기한 연기되면서 아직 실행하지 못하고 있다. 이 얼마나 다행인가.

여전히 오늘도 끝나지 않는 팬데믹 상황에 힘든 시간을 보내고 있다. 다가올 날들은 어쩌면 더 어려울지도 모르겠다. 나 역시 전혀 예상하지 못했던 처음 겪어보는 날들이 힘들고 당황스러워 목표와 방향을 잃지 않고자 애를 써본다. 인간은 환경에 지배당하기 전에 먼저 마음에 지배당한다. 마음의 결부터 쓰다듬어 주어야겠다.

노란 표지에 《이까짓 거!》라는 제목이 당찬 모습으로 쓰여 있는 그림책이 있다. 표지 그림을 보니 작은 여자아이가 앙다문 입을 한 채 쏟아지는 빗속을 뛰어간다. 방과 후 비는 쏟아지는데 우산도 없고 마중 나올 사람도 없는 주인공은 한참 동안 비를 보며 망설인다. 넌 마중 나올 사람 없냐고 묻는 아저씨의 물음에 엄마가 오실 거라고 거짓말도 해본다.

기다려도 올 사람은 없다. 풀이 죽은 채 가만히 내리는 비를 바라본다. 그러다가 같은 처지인 친구가 가방을 머리에 쓰고 달리는 모습이 눈에 들어왔다. 용기 내어 함께 달리기 시작한다. 처음에는 문방구까지, 그다음에는 편의점, 다음은 분식집 그리고 피아노 학원까지. 쏟아지는 빗속에서 가방을 머리에 쓴 채 힘차게 달려나가며 다짐하듯 중얼거려 본다. "이까짓 거!"라고.

우산이 없어도, 데리러 와 주는 엄마가 없어도 이제 더이상 쏟아지는 비가 두렵지 않다. 이미 살아오며 많은 비를 맞았다. 그러나 비가 그치면 언제 그랬냐는 듯이 햇살이 비추고 무지개가 뜬다는 걸 알고 있다. 그렇기에 쫄지 말고, 겁먹지 말고 이까짓 거라는 마법과도 같은 한마디를 외치며 폭풍우 속을 뛰어갈 용기부터 챙겨보자. 눈보라 칠 때 겨울잠 자겠다고 땅속으로 들어가지 말고 방한복 꺼내고 아이젠 챙겨 나서보자.

뒷심과 초심의 교집합은 열심이라고 한다. 그 열심인 마음이 용기와 만나면 열정이 된다. 무엇이든 가능하게 하는 놀라운 힘은 언제나 외부가 아닌 내부에서 발현된다. 때론 나의 열심을 보고 사람들은 무모하다거나 힘들어 보인다고 할지도 모른다. 하지만 나는 무모한 도전이 아닌 내가 할 수 있는, 내가 하고 싶은 '열심'이라는 일을 하고 있을 뿐이다. 하마터면 한 번뿐인 인생을 나답게 열심히 살지 못하고 타인의 말에 휘둘려 대충 살 뻔했다.

'우리가 보낸 하루하루를 모두 더하였을 때 그것이 형체 없는 안개로 사라지느냐 아니면 예술 작품에 버금가는 모습으로 형상화되느냐는 바로 우리가 어떤 일을 선택하고 그 일을 어떤 방식으로 하는가에 달려 있다.'

– 미하이 칙센트미하이, 《몰입의 즐거움》 중에서

행복은 일로부터의 탈출이 아닌 몰입에서 온다는 토드 벅홀츠의 말을 떠올려 본다. 깊은 몰입에 빠져 본 사람은 안다. 그것이 주는 가슴 벅찬 희열과 행복을. 그 시간이 흐르고, 찰나의 순간이 쌓여 내가 걸어가는 길을 만들고 나만의 풍경을 만들어 준다. 제대로 해보자. 때로는 생각을 버리고 몸이 먼저 움직여야 할 때가 있다. 그냥 묵묵히 한 걸음씩 걸어가야 할 때가 있다. 바로 지금이다.

곧 서리를 머금을 듯한 촉감으로 새콤한 바람이 불어온
다. 세상에는 공짜가 없다고 하는데 생각해 보면 삶에서 소
중한 것, 아름다운 것들은 모두 다 공짜인 것 같다.

서늘하면서도 상쾌한 아침 바람, 작은 들풀과 풀꽃, 뭉게
구름 한 조각, 청아한 하늘, 석양이 물드는 해질녘의 고즈
넉함까지도, 그 모두가 조건 없이 내게 주어진 것들이며 보
이는 사람 눈에만 보이는 소중한 것들이다. 그 소중한 것과
함께 맞이하는 아침을 사랑한다. 늘 똑같은 날의 연속 같아
도 날마다 눈 뜨는 아침은 언제나 새로운 날이다. 그런 하
루를 맞이한다는 것이 경이롭기까지 하다.

매일 아침 눈을 뜨면 제일 먼저 하는 일이 창문을 열고 환기를 시키는 것이다. 새콤한 바람이 코끝을 간지럽히며 들어오면 깊이 숨을 들여 마시고 두 팔을 쭉 펴고 기지개를 켠다. 내 몸의 오감이 나를 향해 기분 좋은 신호를 보내는 순간이다. 오늘은 어떤 하루가 내 앞에서 웃음 지을까 또 기대해 본다.

내일은 아무 실수도 저지르지 않은 새로운 날이라며 웃는 빨강머리 앤에게 마릴라 아주머니는 너는 내일도 실수를 수두룩이 저지를 것이라고 말한다. 어쩌면 오늘 시작하는 나의 하루 역시 아무 실수도 저지르지 않은 새로운 날일 수도 있고 수두룩한 실수를 저지르고 혼자 이불킥을 하는 날이기도 할 것이다. 그럼 어떠랴. 이렇게 누구를 만나든 모두 다 사랑할 수 있을 것만 같은 기분 좋은 아침을 오늘도 맞이하고 있는데 말이다. 앤은 자신이 사랑하는 것들에게 밤이면 잘 자라고 굿나잇 인사를 한다. 나는 내가 사랑하는 세상 모든 것들에 좋은 아침이라며 굿모닝 인사를 해본다. 앤처럼 나 역시도 살아 있다는 사실만으로도 행복한 날이다. 새해는 일 년에 한 번만 맞이할 수 있지만 매일 맞이하는 아침은 늘 365일이 새로운 날이다.

공짜로 사용하고 있는 세상 모든 것들에 새삼 감사하다.

내 곁에 보이는 것들, 스치는 모든 것에 사랑하는 사람들의 모습을 담아본다. 늘 공기처럼 부드럽게 감싸주며 나를 행복하게 해주는 내겐 너무도 어여쁜 사람들의 모습이 가슴 가득 담긴다. 그 마음 역시 공짜로 받은 감사하고 귀한 것이다. 오늘 하루가 온통 감사하기만 한 날이다.

결코 다시 오지 않을 오늘을 살아가고 있다. 아쉬워하고 후회하고 주저앉아 있기엔 인생은 너무도 생기발랄하며 달콤하고 즐겁다.

생각하지
않은 죄

아끼던 후배가 있었다. 강사와 수강생으로 만나 15년을
함께했던 후배였다. 보고 있으면 이쁘고, 이야기를 나누다
보면 절로 미소가 지어지는 그런 친구였다. 늘 한결같이 웃
어주는 그 모습이 이쁘고 또 이뻐서 많이 아꼈던 후배였다.
그런 후배와의 사이에 마음 아픈 일이 생겼다. 사진은 암실
로 들어가 인화 과정을 거치고 난 후라야 비로소 그 모습을
드러낸다. 인간도 이해관계가 모두 끝났을 때라야 그 사람
과의 관계 고리를 알 수 있는 걸까. 충격이 너무 컸다. 몇 날
을 곱씹고 또 곱씹으며 한숨을 쉬고 멍하게 있다가 울기를
반복했다.

한 달이 지났을 즈음 도무지 머리로도 가슴으로도 이해가 되지 않아 그 친구를 만났다. 왜 그랬냐고, 꼭 그래야만 했냐고 물었다. 만약 내가 잘못한 게 있어서 그런 것이었다면 나도 그 이유를 알고 용서받고 싶다고 했다. 그런데 그 후배는 뜻밖의 말을 했다. 자신은 그 행동이 그렇게 옳지 않은 것인지 몰랐다고. 그냥 주변에서 시키는 대로만 했을 뿐이었다고. 그것이 언니에게 상처가 되었다면 미안하다며 눈물을 퐁퐁 쏟으며 말하더니 며칠 후에는 사과를 담은 장문의 카톡을 보내왔다.

아이히만은 독일의 관료이다. 그는 히틀러의 명령에 따라 유대인들을 모아 포로수용소로 보내는 일을 하였고 그곳에 보내진 유대인들은 가스 실험실에서 비참하게 죽어갔다. 훗날 그는 유대인 학살의 주도적 인물로 재판을 받게 되었다. 재판장에서 그는 당당하게 말했다. 자신은 단지 유대인들을 포로수용소로 이송하라는 국가의 명령을 받아 그대로 따랐을 뿐이라고. 그러니 자신에게는 아무런 잘못이 없다고.

오랜 시간 이어진 재판을 지켜보던 철학자 한나 아렌트는 아이히만의 죄를 '생각하지 않은 죄'라고 명명하였다.

'아무런 생각을 하지 않고 그것을 행할 때 그 일이 상대

방에게 어떤 영향을 미칠지 생각하지 않은 것이 잘못이며 그것 자체가 죄가 될 수 있다.'

한나 아렌트의 그 말은 오랜 시간이 지난 지금도 우리 모두에게 유효하다. 그저 시키는 대로 했을 뿐이라는 말, 그냥 전했을 뿐이라는 그 말에는 스스로 느끼는 죄책감과 미안함에서 벗어나고자 하는 마음이 있을 것이다. 마치 자신은 그 일과 무관하다는 듯한 말로써 상황을 회피하고 싶은 마음도 있을 것이고, 자신이 그렇게 나쁜 사람이 아니라는 자기방어적 변명도 담겨 있을 것이다.

오랜 시간을 쌓아왔던 좋은 관계가 무너지는 게 아팠다. 무엇보다 여린 성품을 가지고 있는 친구이기에 자신이 했던 행동으로 인해 맘이 아플 후배에게 나 역시도 마음이 쓰였다. 진심으로 후회하고 있다면 그 후회의 양만큼 아플 테니 여린 그 마음이 더 힘들 것이다.

살아가면서 나 역시도 생각하지 않은 죄를 얼마나 많이 지었을까. 스스로 뒤돌아본다. 나도 그들에게 용서를 빌고 싶다. 생각하지 않고 말해서 미안하다고, 나도 모르게 한 행동으로 아프게 해서 미안하다고, 옳지 않은 일에 아무 생각 없이 침묵으로 동조했던 날들이 있었다면 더더욱 큰 죄를 지었으니 앞으로는 정말 생각하며 살겠다고 말이다.

'생각 좀 하고 살아라'라며 흔히 타박을 주고 우스갯소리를 하기도 하지만 사실 생각하며 산다는 건 어려운 일이다. 그러나 그 어려운 일을 또 해보자. 언제 삶이 쉬운 적이 있었나. 늘 어려운 숙제를 주었지만 그래도 잘해왔다. 그러니 또 해보자. 내게 주어진 아주 중요한 숙제이다.

매 순간
살아
숨 쉬는 나

내 안에는 참 많은 내가 살고 있다. 끊임없이 다른 각도에서 바라보게 되면 각각 다른 모습의 내가 존재한다. 오랜 시간 나와 함께 살아왔음에도 나는 아직도 내 안에 있는 나를 다 만나지 못했다. 어느 날은 너무도 친숙한 내가 웃고 있고 어느 날은 화들짝 놀랄 정도로 낯선 내가 서 있다. 그런 나를 데리고 오늘도 나는 나를 빚어내고 있다.

〈유 퀴즈 온 더 블록〉이란 프로그램에 86세 플랭크맨으로 김영달 님이 소개된 적이 있다. 이른 아침이면 7분 플랭크 운동으로 하루를 시작하고 마라톤만 180번을 완주하셨다고 한다. 그뿐만 아니라 독서 및 음악 감상, 프랑스어, 독

일어 공부까지 배움의 시간을 놓지 않으신다.

"아직도 배울 게 무척 많습니다. 아직도 하고 싶은 것이 굉장히도 많습니다."

86세의 나이임에도 김영달 님은 가장 중요한 건 배운다는 정신으로 꾸준히 하나씩 해나가는 거라고 하신다. 하루하루의 루틴을 묵묵히 실천하시며 심지어 그것이 너무도 재미있고 신난다고 하신다. 나를 만들어 가고 완성하는 건 어쩌면 이런 사소한 습관들이 아닐까. 그저 매일 매일 자신이 만들어 놓은 루틴 속에 이렇게 열정을 쏟을 수 있다면 심지어 그것이 행복하다면 늘 반짝이며 숨 쉬는 나를 만날 수 있을 것 같다.

꾸준하게 멈추지 말고 걷는 것은 너무도 중요하다. 그 꾸준함을 이길 어떤 재능도 재주도 없다고 생각한다. 노력도 재능이다, 라는 말처럼 그런 꾸준함이 모여 누구보다 큰 재능이 되는 것이다. 마치 조그만 눈덩이가 눈밭을 부지런히 굴러서 커진 스노우볼처럼 말이다. 그것을 잘 견디고 성실히 해낸 대가로 우리의 삶은 더 풍요롭고 자유로워지리라 믿는다.

젊음에서 멀어져 가는 자신을 바라보게 될수록 무엇인가 새로운 것을 시도하기 위해 용기를 내는 것이 어렵기만 하다. 변화를 모색할 만한 시간과 영역이 줄기 때문이기도 하고 지금의 안정적인 삶에서 벗어나고 싶지 않은 심리적 요소도 있을 것이다.

그러나 세상은 빠르게 변화해 가고 있다. 세상과 동떨어지지 않고 그 속에서 삶을 더 즐기고 풍요롭게 살기 위해서라도 새로운 것을 배우고 익히는 데 게을러질 수 없다.

김영달 님을 보며 나 역시 물음표를 던져 본다. '늘 변화하고 성장하고자 노력했는가? 그리고 결심한 것에 대해 지속해서 그것을 실천하고 있는가?'라고. 모든 일의 시작은 성실하게 하루의 루틴을 실천하는 것에서부터 시작된다.

빅토르 위고는 글을 쓸 때 펜과 종이 외에는 아무것도 방에 두지 않았으며, 조지 버나드 쇼가 자신의 작업실 이름을 런던이라 붙이고 누군가 만나자고 찾으면 지금 런던에 있어서 어렵다고 했다는 일화는 여러 책에서도 회자 될 만큼이나 유명하다. 이러한 열정과 꾸준함 속에 담긴 치열함이 내 삶을 만들어 가는 것이다.

그 어떤 것도 꾸준함과 성실함을 넘어설 수 없다. 나는 그런 열정과 치열함을 사랑한다. 그 안에서 팔딱거리며 뛰는 내 심장의 소리를 듣는 것만큼 황홀한 게 없다. 그건 비단 일에만 국한되는 것은 아니다. 나를 사랑하는 나만의 방법은 삶에 대한 열정이다. 그것은 내 안의 결핍으로 인한 목마름에서 나온 것이 아닌 매 순간 새로 시작되는 오늘을 살아가는 나만의 삶의 자세이다. 그 열정 속에는 내 삶을 사랑하며 매 순간 살아 숨 쉬는 나를 만나는 시간이 담겨 있다. 나는 오늘도 죽지 않고 숨 쉬며 살고 있다.

토끼일까, 오리일까

철학자 루트비히 비트켄슈타인의 오리-토끼 그림이 있다. 보는 사람의 관점에 따라서 오리로 보이기도 하고 토끼로 보이기도 한다. 왼쪽 방향으로 보면 오리로, 오른쪽 방향으로 보면 토끼로 보이는 것이다. 이처럼 어떤 대상을 볼 때 그것을 판단하는 것은 결국 내 마음과 눈이 어디에 자리하고 있느냐에 따라 다르다. 관점에 따라 대상은 다르게 인식될 수 있다. 똑같은 그림이 보는 사람에 따라서 오리가 되기도 하고 토끼가 되기도 한다. 무엇인가 결정을 하고 선택해야 하는 순간에서 이것이 토끼일까 아니면 오리일까 고심에 빠져 그 사이에서 갈팡질팡하기도 한다.

현실의 다양성을 인지하지 못한 채 고집스럽게 한쪽 면만 보기도 하고 편견을 마치 정답처럼 생각하고 있었던 시간이 있었다. 물론 지금도 완전한 인간이 못 되었기에 가끔 오류를 범하기도 한다. 그러나 그것을 인지조차 하지 못했던 나를 이제는 더 이상 만나지 않는다. 시간을 거슬러 올라 그때의 나를 만난다면 다정하게 이야기해 주고 싶다. 두 대상을 동시에 인식할 수 없지만 하나의 장면에 두 대상이 함께 공존하고 있다는 것을 말이다. 그러니 배제하지 말고 마음의 시선을 때때로 옮겨보라고 말해주고 싶다. 비록 오리와 토끼를 동시에 볼 수는 없겠지만 그 시선만으로도 많은 것이 달라질 수 있다는 것을 알려주고 싶다.

때로는 내 인생을 바꿀 만한 엄청난 일도 그 시작은 아주 작고 사소한 선택의 순간에서 시작되었다. 그 순간 속에 눈앞에 펼쳐지는 그림은 오리일 수도 있고 토끼일 수도 있다. 무엇으로 보이든 상관없다. 또 다른 하나가 있다는 것만 잊지 않으면 된다.

뮤지컬
좋아
하세요?

프랑스 오리지널 뮤지컬 콘서트 앙코르 공연이 열린다고 한다. 펜데믹 상황으로 영화도 뮤지컬도 제대로 못 보고 살다 보니 더 간절하게 보고 싶은 마음이 생기는 것 같다. 더구나 말이 필요 없는 대작 〈레미제라블〉을 비롯하여 〈노트르담 드 파리〉 〈모차르트 오페라 락〉을 모두 콘서트에서 감상할 수 있다니 포스터만 봐도 설렌다. 30인조 아르텔 필하모니의 연주와 프랑스 뮤지컬 오리지널 팀이 들려줄 보석 같은 음악을 감상할 생각을 하니 마음이 설레고 상상만으로도 이게 웬 호사인가 싶다. 그러나 설레는 마음과는 달리 공연을 보기 위해 선뜻 나서기가 쉽지만은 않다. 아직

코로나 상황이고 티켓 가격도 만만치 않다. 공연의 시놉시스만 봐도 갈증이 약간 해소되는 기분이라 그걸로 만족할까 싶다가 이내 두 눈 질끈 감고 VIP 좌석을 예매한다.

순수 클래식 음악을 사용하며 극 전체가 음악의 중심이 되는 오페라와 달리 대중음악의 친숙함과 배우들의 춤과 연기가 어우러지는 뮤지컬은 내겐 늘 흥미롭다. 몇 시간 망설이긴 해도 맘을 빼앗긴 공연은 기어코 지갑을 열게 한다. 이번 공연은 뮤지컬이 아닌 콘서트 형식의 공연이지만 이 또한 접해보지 않은 새로운 느낌이라 기대가 되었다.

뮤지컬 티켓을 예매하다 문득 몇 해 전 일이 떠올랐다. 능소화가 붉은 빛을 뽐내는 어느 여름날 아침이었다. 아들은 무척이나 들뜬 모습으로 이 옷 저 옷 꺼내 입어보고 거울에 비춰보더니 휘파람까지 불며 한껏 신이 난 모습이었다.

아! 그렇구나, 오늘이 바로 그날이구나. 뮤지컬 보러 가는 날. 아르바이트한 돈의 절반이나 되는 제법 큰 돈을 주고 VIP 좌석 두 장을 예매하더니 지난 한 달 동안 돈이 없다며 쫄쫄 굶고 다니기까지 했다. 여자친구와 가는 거냐고 슬쩍 물어보니 여자친구가 아닌 여자 사람 친구라고 말한다. 돈을 누가 내는 거냐고 물었다. 남자는 자신이 좋아하지 않는 여자를 위해 지갑을 여는 법은 없다고 들었던 기억이 났기 때문이다. 이번에는 자기가 내고 다음에는 그 친구가 낼 거란다. 왠지 여자 사람 친구가 아닌 여자친구인 것 같다. 그 젊음과 설렘이 부럽다.

아들의 뮤지컬 데이트를 보고 있으려니 왠지 뮤지컬이 더 보고 싶어졌다. 그러고 보니 세종문화회관과 충무아트센터에 다녀온 지도 한참 되었다. 뮤지컬이 보고 싶은 건지, 봄날의 데이트가 부러운 건지 경계가 없는 마음 사이에서 다음에는 엄마와 함께 보러 가자고 했더니 마치 SF소설 속 인물 보듯 의아한 눈빛으로 나를 바라본다.

그럴 것이다. 먹는 즐거움을 지상 최고의 희열로 여기며 공연 보는 걸 즐겨 하지 않는 남편과 살고 있다. 뮤지컬 티켓을 예매할 돈이면 최고급 뷔페에 갈 수 있다고 말하며 나를 선동했다. 그런 남편의 말에 끌려 뮤지컬 공연 대신 뷔페를 선택했던 나를 종종 보았으니 말이다.

오래전 일이지만 어찌 되었든 나는 단언컨대 뷔페보다는 뮤지컬이 좋다. 그러고 보니 아들은 엄마가 무얼 좋아하는지 생각해 본 적이 없는 것 같다. 경험상 세상에 존재하는 많은 아들은 직접 말해주지 않으면 모른다는 것을 안다. 눈을 바라보고 다정히 말할 자신이 없으면 글로라도 써서 보여주어야 한다. 그러면 또 그에 걸맞게 답해 줄 것이라

믿어 본다.

　아들아, 엄마는 살포시 올라앉은 함박눈 같은 눈꽃 빙수와 갓 구운 빵을 좋아하고 반디앤루니스나 작은 독립서점에 온종일 앉아 책 읽는 걸 좋아하고 좋은 사람과 마주 앉아 밥 먹으며 수다 떠는 걸 좋아하고 술은 못 마시지만 이자카야에서 나오는 안주는 좋아하고 그리움과 설렘이 담겨 있던 곳을 다시 가보는 걸 좋아하고 동터오는 새벽의 여명과 노을 지는 하늘을 바라보는 걸 좋아해.

　그리고 뮤지컬을 좋아해. 꼭 360도 회전하는 화려한 무대 세트가 아니어도 된다. VIP석이라면 더할 나위 없이 좋겠지만 R석, A석에 앉아도 엄마는 행복하다. 네가 뮤지컬을 좋아하는 것도 모두 이 엄마가 준 문화적 소양의 유전자 덕분이야. 그러니 엄마에게도 아주 가끔은 물어봐 주라. "뮤지컬 좋아하세요?"라고. 같이 가자고는 안 할게. 엄마도 같이 갈 사람 아주 많다.

　아들아, 엄마는 뮤지컬을 좋아한다. 그리고 엄마와 똑 닮은 감성으로 그것을 좋아하는 네가 짓는 웃음을 사랑한다.

||||||||||||||||||||||||||||||||||||||||||||||||||||||||||||||||||||||

5 0 의   우 아 한   수 다

4부

가을,
우체국 앞에서
오늘도
편지는 부치지
못했습니다

친절하게
사는 일

문득 영화가 보고 싶은 날이면 헤이리에 있는 작은 독립영화관인 헤이리 시네마를 찾는다. 1층에서 풍기는 갓구운 빵들과 고소한 원두커피 향, 그리고 영화 한 편으로 이내 마음이 평온으로 가득 채워진다. 거기에 좋은 사람과 함께라면 '아~ 좋다'는 말이 나도 모르게 환한 미소와 함께 연신 튀어나온다. 더 바랄 것 없는 완벽한 행복의 순간이다.

해도 해도 끝이 보이지 않는 일속에서 유체이탈이 된 것만 같은 날이었다. 시시포스 신화처럼 신의 저주에 걸린 듯 영원히 산 밑에서 바위를 밀어 올리는 삶을 살아야 하는 운명을 지닌 건 아닐까. 산꼭대기까지 밀어 올린 바위가 다시

원점으로 떨어질 걸 이미 알고 있는데도 계속 무한 바위 굴리기를 하는 건 아닌지 스스로 계속 묻고 있었다. 그런 나에게 지쳐갈 때쯤 틈새 시간을 내어 보았던 영화가 바로 〈타인의 친절〉이다. 새봄에 여린 고개를 내미는 연두 풀처럼 착한 마음이 쏙 하고 고개를 들이밀고 내게 들어왔다. 나에게 휴식이 되어준 영화였다.

힘들게 하루하루를 비티는 사람들과 아무 조건 없이 기꺼이 자신의 것을 내어주며 품어주는 사람들을 보며 영화 제목 그대로 타인의 친절이 그들의 삶을, 그리고 자신의 삶을 어떻게 아름답게 변화시킬 수 있는지를 보았다. 모르는 사람에게 내미는 따뜻한 손과 눈길, 그리고 친절한 마음은 낯선 뉴욕에서 길을 잃고 마음을 잃고 헤매는 여섯 남녀에게 등대의 불빛이 되어주었다.

상대의 아픈 상처를 건드리지 않으면서도 삶을 헤쳐가게 해주는 게 얼마나 어려운 일인지를 안다. 그 어려운 일을 무채색처럼 건조하고 덤덤하기까지 한 이 영화가 순간순간 소소한 웃음까지 선사해주며 알려주고 있었다.

이 영화는 관용의 감각이 살아 있는 도시 뉴욕이기에 가능했고, 반드시 뉴욕이어야만 했다는 감독의 말을 곱씹어 본다. 도시마다 그 얼굴이 있다. 완벽한 타인에게 거리낌

없이 다가서는 데 대해 불편함이나 주저함이 없는 도시 뉴욕이다. 고급 식당의 한쪽에 무료 급식소가 있고 그 두 곳이 서로 아무렇지도 않은 듯 공존할 수 있는 곳 뉴욕이다.

뉴욕이 배경인 이 영화는 남편의 폭력을 피해 두 아들과 함께 집을 나온 클라라와 그녀의 두 아들이 서사의 중심을 이룬다. 뉴욕이 학교가 되어줄 거라는 클라라의 말처럼 아이들은 힘겨운 시간 속에도 그 안에서 버티고 성장해간다. 스스로에 대한 자책과 자괴감 앞에 망연히 고개를 떨군 엄마에게 아들은 나지막이 자신의 잘못으로 인해 괴로웠던 순간을 이야기하며 속삭인다.

"그러니 엄마도 엄마를 용서해요."

어린 소년의 입에서 나온 이 말이 얼마나 깊은 울림을 담고 있는지 나도 모르게 순간 숨을 후 하고 내뱉었다. 나 자신에게 친절하지 못한 채 나와 세상과 매일 싸우고 있는 우리 모두에게 하는 말 같아서 가슴이 뜨거워졌다. 용서만큼 힘든 일이 있을까. 특히 타인보다 자신에 대한 용서는 참으로 어렵고도 힘든 일이다. 나에게 친절할 수 있다는 건 자신에게 주는 가장 큰 선물이며 위로이다. 나에게 친절할 수 있을 때 타인에게도 따뜻한 손을 내밀 수 있다.

인생이란 배움의 연속이다. 사랑하는 법, 놓아주는 법, 자신과 타인을 향해 가장 친절하게 사는 법을 배우는 것이다.

　　　　　　　　 – 브로니 웨어,《내가 원하는 삶을 살았더라면》중에서

　간호사 앨리스는 자신이 운영하는 용서 모임에서 무례한 사람을 정면으로 응시하며 말한다. "도대체 무슨 권리로 그렇게 불친절하죠?" 그 권리가 누구에게도 없다는 걸 알고 있으면서 우리는 아주 당연한 그 사실조차도 잊고 살 때가 많다. 나 스스로에 대해, 그리고 관계라는 큰 틀 안에 묶여 살아가는, 누구보다도 가까울 수 있는 또 다른 나인 내 주변의 사람들에게 나는 내게 주어지지 않은 불친절의 권리를 행사하는 사람은 아니었을까 되돌아본다. 주어진 권리도 제대로 사용하지 못하면서 주어지지 않은 권리를 탐하는 모자란 사람은 아니었는지 말이다.

　어여쁜 계절에 그보다 더 어여쁜 영화 한 편을 가슴에 품고 왔다. 코로나 블루 시대를 살면서 우리는 익숙한 것들과 이별하며 기나긴 기다림에 지쳐가고 있다. 많은 이들이 아픔 마음 한 올 부여잡고 살고 있다. 어쩌면 지금, 우리가 만나는 주변 사람들은 모두 어렵게 하루하루를 버티며 살고 있을지 모른다. 그 힘겨운 싸움 속에서 매일 무너지면서도 또다시 아침이면 일어서서 '오늘보다 내일은 낫겠지'라는 생각 속에 발걸음을 옮기고 있을 것이다.

그래, 친절하자. 그것만큼 아름다운 일은 없으니까. 그것만큼 삶의 희망이 되는 일은 없으니까. 정성으로 타인을 대할 때 내 삶도 그들과 함께 더 아름답고 풍요로워지리라. 그것을 알면서도 못 지키는 나에게 영화는 궤도를 벗어나지 말라며 속닥거린다.

가끔은 삼천포로 가자

코로나 팬데믹 상황과 연일 이어지는 무더위로 인해서 어디 갈 곳이 없었다. 집안에서 방콕 놀이를 나름 즐기는 중에 도쿄 올림픽이 열렸다. 몸 쓰는 일은 극도로 싫어하는 나에게 스포츠는 몸이 아닌 눈으로 보고 머리로 생각하는 것이다. 스포츠를 좋아한다. 아니 단순히 좋아한다는 표현만으로는 부족하다. 한때 그것을 생업으로 삼기를 원했던 적도 있었으니 말이다. 스포츠 캐스터가 되고 싶었다. 그러나 당시만 해도 여자 스포츠 캐스터는 상상도 할 수 없는 일이었기에 마음 한구석에만 담아둔 채 좋아하는 야구팀이 있는 대학에 진학하는 것으로 나의 첫 번째 꿈은 막을 내렸다.

이번 올림픽에서 야구 대표팀이 무기력한 경기로 내리 4연패를 당하자 쏟아지는 기사와 비난 댓글로 온라인이 시끌시끌하다. 야구 경기를 보고 있노라니 예전에 읽었던 책이 떠올랐다. 대학원에서 공부할 때 자주 접했던 작가가 소설가 박민규였다. 그의 작품을 좋아한다. 뾰족한 감각으로 자신만의 독특한 관점을 담아 빼어난 작품 세계를 만드는 작가라고 생각했다. 스포츠를 좋아하고 특히 한때 야구와 사랑에 빠졌던 나에게 그의 소설《삼미 슈퍼스타즈의 마지막 팬클럽》은 제목부터 호기심 덩어리 작품이었다.

삼미 슈퍼스타즈는 한국 프로야구사에 전무후무한 1할 승률에 OB 베어스(현, 두산 베어스)를 상대로 전패라는 믿지 못할 기록을 남겼다. 프로라는 말이 너무도 무색하게 이기는 것이 불가능에 가까워 보였던 만년 꼴찌팀이었다. 무엇보다 삼미 슈퍼스타즈가 내게 더 특별했던 건 그 이름 안에는 은밀한 나만의 비밀이 담겨 있기 때문이다.

대학교 2학년 때 잠깐 만났던 남자친구가 있었다. 국가대표 태극마크를 달 만큼 야구에 재능이 있었고 삼미 팀과도 큰 인연을 가지고 있었다. 식구들이 모두 설악산으로 휴가를 떠나고 혼자 남게 된 그해 여름밤, 빨간 스포츠카를 몰고 온 그와 어둠이 내린 저녁에 동네 성당 나무 벤치에 앉아 나누던 이야기들이 가끔 야구를 볼 때면 떠오른다. 어차피 기억은 제멋대로 왜곡되고 저장되기에 짧은 몇 번의 만남이 아름다운 날로만 마음에 남아 그때의 젊음과 그의 환한 웃음이 여름밤이면 살짝 그리워지곤 한다.

《삼미 슈퍼스타즈의 마지막 팬클럽》은 야구와 인생을 절묘하게 엮으며 세상을 향한 시선을 살며시 비틀어준 소설이다. 명문대를 졸업하고 치열하게 살았지만, 직장에서의 퇴출, 아내와의 이혼, 그리고 모두가 프로여야만 하는 경쟁 사회에서 도태되고 힘들게 버텨나가는 주인공의 모습을 통해 사회의 주류에서 소외된 채 목표를 이루지 못하고 루저라는 이름으로 살아가고 있는 사람들의 모습을 비춰주고 있다. 그러한 삶을 유발한 현대사회의 단면 역시 그대로 드러내 보여주는 작품이다.

자본주의 사회에서는 모두가 프로가 되어야 한다고 세상은 말하고 있다. 아마추어가 아니기에 프로에게는 성과만이 목적이고 결과만이 증표가 된다. 일의 결과로 자신을 증명해야만 하는 시스템 속에서 살아남기 위해 우리는 또 얼마나 많은 것들을 잃으며 살아가고 있는 걸까. 모두가 프로를 향해 질주하는 세상에서 작가의 말처럼 치기 힘든 공은 치지 않고 잡기 힘든 공은 잡지 않는다는 마음으로 살아

간다는 것이 얼마나 어려운 일인지 우리는 너무도 잘 알고 있다. 어쩌면 무수히 흘러간 시간 속에 내가 판 것은 나의 능력이 아니라 나의 시간, 나의 삶이었다고 그는 말한다.

> 필요 이상으로 바쁘고, 필요 이상으로 일하고
> 필요 이상으로 모으고, 필요 이상으로 빠르고
> 필요 이상으로 크고, 필요 이상으로 몰려 있는 세계에
> 인생은 존재하지 않는다.
> 진짜 인생은 삼천포에 있다.
>
> – 박민규,《삼미 슈퍼스타즈의 마지막 팬클럽》중에서

지금은 삼천포라는 행정적 지명은 사라졌지만 '잘나가다 삼천포로 빠졌다'는 표현은 우리에게 아직도 친숙하다. 그 친숙한 지명인 삼천포의 유래에 대해 찾아보니 장사꾼이 장사가 잘되는 진주에 가려다 그만 길을 잘못 들어서 삼천포로 가서 낭패를 봤다는 이야기부터 부산발 순천행 열차를 타고 가던 승객이 객차가 분리될 때 잘못 옮겨타서 삼천포로 가게 되었다는 이야기, 해군 병사가 삼랑진에서 갈아타야 하는 열차를 삼천포에서 갈아타는 바람에 귀대 시간을 넘긴 이야기까지 목적지에서 벗어나 엉뚱한 장소인

삼천포로 빠진 일화까지 삼천포에 얽힌 재미난 이야기들이 나온다.

언젠가 김은숙 작가가 집필했던 인기 드라마 〈시크릿 가든〉의 대사 중 "왜 자꾸 삼천포로 빠져"라는 말로 인해 사천 시민들의 항의가 빗발쳤다는 글을 읽은 적이 있다. 그로 인해 제작진이 공식 사과까지 했었던 걸 보면 삼천포로 빠진다는 그 말은 보편적인 일상 속 이야기를 넘어 그것을 듣는 당사자들에게는 부정적인 의미가 크게 작용하는 것 같다.

그러나 진짜 인생은 삼천포에 있다는 박민규 작가의 말처럼 우리에겐 가끔 삼천포로 빠지는 날들이 필요하다. 잘 나가다 잠시 빠진 샛길 그곳에서 두근두근 진짜 나를 만날 수 있을지도 모른다. 마이너리그에서 주저앉아 버리는 1할 2푼 5리의 승률이 아닌 메이저리그로 올라갈 수 있는 4할 2푼대의 승률로 살아가게 되는 인생의 길이 삼천포로 빠진 그 순간, 그곳에 있을지도 모르니까 말이다.

나도 삼천포로 빠지는 길을 무서워했다. 그러나 요즘은 아주 잘 빠지고 있다. 빠져보니 알겠다. 나무만 보이던 눈에 숲이 보인다. 인생을 바꿔 놓을 만한 두근두근한 일이 내 앞에 나타나기도 한다. 나만의 삼천포를 찾아보자. 생각보다 썩 괜찮을 것이다. 그러니 너무 걱정하지 말고 가끔은

빠져보자, 나도 몰랐던 내 안의 나를 만나게 해주는 그곳 삼
천포로.

접점

비 오는 날 좋아해?

창밖으로 비 내리는 거리를 볼 때는 좋아. 하지만 우산 쓰고 다녀야 하면 싫어

겨울 좋아해?

이불속에 따뜻하게 있을 때는 좋아. 하지만 외투 입고 새벽 출근하는 날은 싫어

고기 좋아해?

구워진 거 먹을 때는 좋아. 하지만 계속 내가 구워야 할

때는 싫어

좋아하고 싫어하는 건 내가 지금 어디에 서 있느냐에 따
라 달라진다.

나는 벗었어,
너도
벗을 거지?

진정한 친구는 슬픔을 나눠줄 수 있는 친구일까 아니면 기쁨을 함께 나눌 수 있는 친구일까? 두 가지의 물음은 늘 많은 이들의 궁금증이었다. 왠지 후자 쪽으로 살짝 마음이 기운다. 진짜 친구는 기쁨을 함께 나눌 수 있는 사람이라고.

누군가의 불행을 보며 함께 마음 아파하고 위로해 주는 건 생각보다 어렵지 않다. 실제로 안타깝고 마음이 아프기에 어떤 가식도 존재하지 않을 때가 많다. 인간의 본성이다. 그러나 진심으로 친구의 기쁨을 나눈다는 건 생각보다 쉬운 일이 아니다. 그것 역시도 인간의 본능이며 명백한 한계점이기 때문이다. 그 한계점을 간신히 넘었다고 생각해도 머리와는 다르게 마음 안으로 비집고 들어와 불쑥 고개 드는 감정까지 제어하긴 어렵다. 저열한 비루함이며 인간이 가진 근원적 문제이다.

예전 일본에서 이런 상황을 놓고 뇌파 실험을 한 적이 있다고 한다. 친구나 주변 사람의 행운이나 성공을 바라보는 가까운 지인의 뇌파는 기쁨이 아닌 놀랍게도 고통이었다. 가까이 가지 못할 만큼, 혹은 나와는 다르다고 생각했던 사람이 쌓아 올린 성공에는 약간의 부러움 외에는 별다른 반응이 없다. 그러나 나와 별반 다를 게 없다고 느껴졌던 친구나 지인이 어느 순간 월등히 높은 곳으로 가는 것을 보는 것은 자괴감까지도 불러오는 고통이 수반될 수 있다. 우리가 행운이나 성공 앞에서 자신의 기쁨을 말할 때는 드러내지 않고 겸손하게 전해야 하는 이유이기도 하다. 그러나 무엇보다 그런 친구의 기쁨에 나도 함께 기꺼이 축하하고 응원해 줄 수 있어야 한다. 인류가 가진 근원적 질투심이라는 김정운 박사의 말처럼 나 역시도 아주 오래전 친구의 기쁨을 진심으로 함께 나누지 못해서 친구를 잃었던 경험이 있다. 나는 아니라고 말했지만, 그 친구는 이미 알고 있었다. 내 짧은 언어 한마디, 내 표정 하나에 담긴 진실을 말이다. 나는 그날 친구의 기쁨을 함께하지 못했다. 그렇게 친구를 잃었다.

지란지교를 꿈꾸며 나의 슬픔에 함께 아파해 주고 나의 성공과 기쁨에도 진정으로 함께 기뻐해 줄 수 있는 친구 한 명쯤 내 곁에 있으면 얼마나 좋을까 하며 늘 그런 친구에 목 말라하곤 한다. '그때 우리 참 좋았지?'라고 말하면서 다른 부연 설명을 애써서 하지 않아도 그때가 언제인지를 알고 웃는 친구, 기쁨만이 아니라 웃음 뒤에 가려진 슬픔까지 읽어내고 적절한 감정으로 반응해 주고 공감해 줄 수 있는 그런 친구, 밤늦도록 공허한 마음을 이야기하고, 은밀한 욕망을 서로 내비치기도 하며 때로는 서로가 밉지는 것 같은 마음에도 결국엔 내 것을 덜어주며 한바탕 웃음을 쏟아낼 수 있는 그런 친구 말이다. 그런 친구가 되어주었으면 좋겠다고 바라며, 나 역시도 그런 친구가 되어주고 싶은 사람을 찾고는 한다.

오랫동안 물리적인 시간을 함께했고, 서로를 좋아한다는 사실에도 늘 변함이 없는 친구가 있다. 그런데 오랜 시간 나는 그 친구가 어려웠었다.

"무슨 일 있어? 너 요즘 왜 이렇게 바빠?"

"그냥. 그냥 그러네. 별일 아니야."

"어디 가는 중이야?"

"응. 어디 좀 가고 있어."

그런데 나는 그 어디가 궁금하고, 별일 아닌 그 별일이 궁금하기만 하다. 나의 이야기만큼 그 친구의 이야기가 듣고 싶었다. 그러나 더 묻지 못하고 듣지도 못한 채 멈춰야 할 때면 우리의 대화는 길을 잃고 마음은 못내 서운해지곤 했다. 우리의 관계에서는 어디까지가 나눌 수 있는 말인지, 그 최종적 한계선인 데드라인이 궁금할 때가 있었다. 자기 방어력이 강한 사람을 만나면 나는 종종 이렇게 관계에 어려움을 겪곤 한다.

나와 그 친구의 마음을 저울에 달아보며 깊은 회의에 빠지게 되는 날이 반복되었다. 그저 그 친구는 원래 그런 사람이구나 하며 그 모습 그대로 수용할 수 있으면 좋으련만 그게 잘 안 되어서 왠지 스스로가 구차하다는 생각까지 들었던 날이 길어질수록 마음의 문이 조금씩 닫혀 나갔다. 행여 내가 한 말에 돌아오는 서늘한 눈빛이 느껴지기라도 하는 날에는 친구를 잃을까 겁이 났다. 내 기쁨과 슬픔을 말하는 것이 두려운 날들이 생겨나기 시작했고 언제부터인가 나 역시도 입을 다물게 되었다.

가까운 사이일수록 거리 유지가 필요하다고 사람들은 말한다. 거리 유지가 되고 그 관계의 공백이 만들어질 때 그 안에 숨 쉴 수 있다고. 그런데 그 적당한 거리를 유지한다는 게 참으로 어렵다. 서로 마음의 온도가 다른 사람들끼리 적당한 거리를 유지한다는 것의 기준은 대체 무엇일까. 상처 주지 않고 상처받고 싶지 않은 마음이 만나 서로 편하게 살고자 그어놓은 선은 아닐까. 그 선이 그어진 날에는, 관계의 거리가 너무 멀게 느껴지는 날에는 딱 그만큼 마음에 틈이 생기고 보이지 않는 균열이 생겼다. 그 공백의 자리만큼 서운함과 공허함이 들어앉아 마음의 공간을 덮어버리곤 했다.

진정한 친구는 웃음 뒤에 가려진 눈물을 보는 거라던 곰돌이 푸의 말을 생각하며 내 눈물과 웃음을 보아주길 기다렸던 시간이 있었다. 그런 시간을 밀물과 썰물처럼 반복하며 이제는 눈물도 웃음도 우리는 함께한다. 적당히 가까운 거리를 유지하기도 하고 때론 과감히 선을 넘기도 하면서 말이다.

나는 여전히 그 친구가 좋다. 언제든 어떤 상황에서든 그 친구의 편이 되어주겠노라고 다짐했던 날들이 아직도 내 안에 살아 숨 쉬고 있다. 나의 일을 자신 일처럼 기뻐해 주었던 오래전 그 친구의 미소가 아직도 나를 향해 따뜻하게 웃음 짓고 있었다. 그 미소가 내 마음에도 스민다. 친구가 힘들어하는 모습을 바라보며 밤새도록 뒤척이며 잠 못 들던 시간과 혼자 마음 아파 울던 내가 나를 바라보고 있다. 친구의 한 조각 웃음소리에도 즐거워하는 내가 친구를 바라보고 있다.

> 가리지 않고/ 내 알몸을 보여주는 사람// 숨기지 않고/ 내 허물을 보여주는 사람// 감추지 않고/ 내 눈물을 보여주는 사람// 벗어야/ 벗이다
>
>   – 정철, '벗',《한글자》중에서

은행도 딱딱한 껍데기만 보면 그 안에 보드랍고 고소한 노란 알맹이 있다는 걸 몰라.

귤도 주황색의 껍질을 벗겨 내야만 새콤달콤한 맛을 느낄 수 있어.

친구야, 한 발짝 물러나서 지켜보지 마. 감추지 않고, 가리지 않고, 숨기지 않고 너에게는 보여주고 있는 내가 있어.

나는 벗었어, 너도 벗을 거지?

세상
누군가가
그리워지는
날

엊그제 같은 봄이, 어제 같은 여름이 어느새 많이 스쳐서
지나고 있다. 한여름 태양과 스콜같이 쏟아지던 비바람도
지나고 이제는 머리 위로 말간 가을바람이 불어온다. 고개
를 들어 바라본 하늘의 구름이 오늘은 새털처럼 가볍게 마
음에 내려앉는다. 가을의 바람은 내가 지금 어디에 서 있는
지, 어디쯤 가고 있는지 알게 해준다. 그래서 바람이 불면
살아야겠다는 생각이 든다.

바람 사이로 문득 내가 기억하는 나의 모습보다 더 많이
나를 기억하고 있을 세상의 누군가가 그리워지는 날이다.
여간해선 외로움을 잘 느끼지 못하는 나도 계절이 어김없이 오고 가듯이 이맘때면 여지없이 내 마음에 잠시 머물다 가는 시간과 사람들로 인하여 가슴앓이를 한다. 가슴 빈자리 자리마다 차지하고 있는 시간 속에 그들이 앉아 있다.

무수히도 많은 말 중에 그리움이란 낱말을 좋아한다. 가슴 한편이 아리기도 하고 먹먹해지기도 하고 어느 날은 찬서리 맞은 나무처럼 시리기도 하다. 그렇다고 딱히 사무치게 그리운 사람이 있는 것도 아닌 걸 보면 내게 그리움의 대상은 사람보다는 내가 걸어왔던 무수한 시간과 그 시간 안에 머물렀던 공간인 것 같다. 그 시간과 공간들이 가끔 내게 말을 걸어온다. 보고 싶은 사람들에게 안부 한번 묻지 않고 무엇이 그리도 바빴느냐고 타박하듯 물어오면 그냥 살아내느라 바빴다고 억울하다는 듯 혼자 답해본다.

아메리카 인디언들은 한 번씩 말 달리다 뒤를 돌아본다고 한다. 자신이 너무 빨리 달려 영혼이 쫓아오지 못하는 건 아닌가 싶어서란다. 세상은 정신없이 바쁘게 살아가는 사람들과 그들을 놓친 영혼들이 서로를 찾아 헤매느라 더 바쁘고 분주하게 돌아간다. 영혼을 잃은 사람은 허우적대는 몸을 데리고 다니지만, 마음은 가질 수 없게 되겠지. 그래서 가끔 그 구멍 뚫린 가슴으로 들어오는 바람이 때때로 이리도 원인 모를 그리움을 만나 시리게 느껴지나 보다. 내

영혼은 나를 잘 따라오고 있는 걸까. 쫓아 오지 못한 영혼을 찾는 건 너무 힘든 일일 테니 절대 잃어버리지 말아야지 생각한다.

바람이 불어도 갈대가 부러지지 않는 건 탄성 때문이다. 바람이 불어오면 부는 대로 흔들리기 때문에 바람을 견뎌낸다. 흔들린다는 게 나쁜 건 아니다. 그만큼 사고의 유연성을 가졌다고 생각하자. 흔들리는 만큼 성장하고 있다고 생각하자. 어제도 흔들렸고 오늘도 흔들리고 있지만 그렇게 흔들리며 살기에 다행히도 생존 경직은 되지 않고 있다.

가을에 파종해서 겨울에 수확하는 가을보리가 봄보리보다 더 맛도 좋고 풍성하다고 한다. 그래. 우리 모두 가을보리다. 갈대처럼 흔들리며 수많은 겨울을 지나왔다. 그리고 지나온 그 길 끝에 내게도 수확의 기쁨이 기다리고 있을 것이다. 바람에 실려 온 내 그리운 시간과 사람들에게 다정한 인사를 건네본다.

가을이야!
이불 홑청 뜯어 풀 먹이고 널던 내 어린 날,
그 이불 사이로 보인 쪽빛 하늘이 기억나.
보드라운 햇살 한 줌 머금고

이른 아침 나를 깨운 하늘이
눈이 부시도록 푸르른 멋진 날이야.

이렇게 멋진 날
헤이즐넛 커피 한 잔 내려 보온병에 담아 들고
호수공원 벤치에 앉아 기다리면
네가 올까?

바라볼 수만 있어도 좋은 네가
그립고 그리운 날이야.
나도 가을날 청아한 호수 연꽃 수북한 곳에
물 너머로 연밥을 던져볼까.
연밥에 물결이 일렁이면 마음에도 눈물이 스밀까 싶어
겁이 나.

너의 계절과 나의 계절이 함께하고 있어
바람이 전해 준 너의 안부가
내 눈부신 그리움에게 인사를 해.

네가 있어서 나는 참 좋았어.

네가 있어서 나는 참 따뜻했어.

고마워. 나의 사랑.

삶의
모서리에
서 있다고
느낄 때

정결한 가을날이다.

'시몬, 너는 좋으냐? 낙엽 밟는 소리가.'

프랑스 시인 레미 드 구르몽의 시 〈낙엽〉이 이맘때면 한 번씩 입에서 맴돈다. 낭만적이며 서정적인 것이 가을과 닮았다. 그가 사랑했던 여인 나탈리 바르네에게 보냈다는 편지까지 덤으로 생각나는 날이면 괜히 노란 은행잎들이 손짓하는 우체국 앞에 서성거리고 싶어진다. 좋아하는 노랫말처럼 가을 우체국 앞에서 그대를 기다리고 싶어지는 날이다.

절로 나오는 노래에 단풍은 물들어 간다. 나무는 온갖 색으로 물들인 무성한 잎사귀를 떨구고 곧 앙상한 뼈대 속에 생명의 가느다란 숨만 남길 것이다. 색으로 품은 삶의 시련을 홀연히 버릴 것이다.

봄날은 연두에 물들고 늦가을은 세피아 빛을 몰고 나타난다. 그것들이 보일 때쯤, 벽에 달라붙은 메마른 줄기 속 담쟁이 같은 마음이 스멀거리며 기어 올라와 서걱대기 시작한다. 소멸해 가는 것들을 가만히 보고 있노라면 살아온 시간 속에 삶의 모서리같이 느껴져서 버리고 싶었던 순간의 장면이 떠오른다. 모서리에 찔리면 아프다. 계절과 함께 소멸되어 다시 새순처럼 돋아나고 생성되길 바라본다.

배우 엠마 왓슨을 좋아한다. 〈해리 포터〉 시리즈의 영원한 헤로인인 그녀는 그 작품을 시작으로 〈노아〉 〈미녀와 야수〉 〈작은 아씨들〉까지 늘 성장하며 감동적인 연기를 보여주었다.

그녀는 힘들 때면 자신에게 격려가 되는 문장들을 떠올리며 자신을 보듬어 나갔다고 말한다. 그 문장들이 주는 힘이 두렵게 느껴지는 날도 있었을 것이다. 그러나 그 문장들을 놓지 않았을 것이다. 그렇기에 엠마 왓슨이다.

나는 기꺼이 나서려고 한다.

나는 거리낌 없이 말하고자 한다.

나는 계속해 나갈 것이다.

나는 다른 이들이 말해야만 하는 것들에 귀 기울일 것이다.

나는 혼자라고 느껴질 때도 앞으로 나갈 것이다.

매일 밤 편안한 마음으로 잠자리에 들고자 한다.

나는 가장 위대한, 최고의 모습을 가진, 가장 강한 나 자신이 될 것이다.

그녀는 말한다. 이 일곱 개의 문장은 자신을 정말 두렵게 만들었다고. 그러나 이것이 무엇보다 중요하다는 걸 그녀는 알고 있다.

"결국 이 모든 게 다 지나고 나면 이것만이 내가 살고자 하는 삶의 방식이었다는 걸 알게 될 테니까요"라고 말하는 그녀를 보며 나 역시 내가 살고자 하는 삶의 방식은 무엇이었을까 생각해 본다.

누구나 자신만의 삶의 방식을 가지고 있어야 한다. 그래야 모서리에 찔려도 아프다고 당당히 말할 수 있으며, 모서리에 서 있어도 둥글기만 한 삶을 부러워하지 않을 것이다. 모서리에 서 있을 때만 보이는 풍경이 있다. 모서리에 서서 바라볼 수 있는 시간이 필요하다. 그 풍경을 한눈에 담고 가장 나다운 모습으로 걸어갈 수 있을 것이다. 빨강머리 앤의 이야기처럼 모퉁이 길을 돌면 분명 제일 좋은 것이 기다리고 있다고 믿으면서 말이다.

요즘은 디지털 노마드와 뉴 리치의 삶의 방식이 많이 언급된다. 자유로움과 창조적 삶의 방식을 추구하며 삶의 반경을 넓혀나가는 방식이다. 그 안에는 선택의 자유와 선택할 수 있는 능력이 담긴다. 삶은 즐기기 위해 있는 것이라고 말한다. 허락을 구하는 삶이 아닌 용서를 구하는 삶을 살라는 말이 마음에 담겼다. 주변 사람들을 망칠 만큼의 일이 아니라면 일단 시도하란 뜻이다. 파란 불이 들어오기만을 기다리는 안전이 보장된 타이밍이란 없다. 그 안전한 타이밍 안에는 도전이란 말이 없다. 그렇기에 그것이 주는 성장의 열매도 없다.

'내가 살고자 하는 삶의 방식은 무엇일까?' 행복한 삶의 방식을 논했던 그리스의 철학 에피쿠로스나 스토아학파의 어려운 고민에 머리를 싸매고 싶지 않다. 사람은 모두 제각기 다른 소리를 내는 악기처럼 자신만의 방식으로 세상을 만난다. 자유 의지를 담고 자신에게 주어진 삶을 자신의 방식대로 사는 것이다. 그것이 스스로에게 부여하는 존엄이며 품격이라고 생각한다.

나 역시도 혼자 묻고 혼자 답하여 본다. 포기하고 싶은 순간에도 주저앉지 않을 것이다. 설사 답답해 보일 만큼 느리더라도 멈춰 서지 않고 계속 걸을 것이다. 내가 삶에 있어서 가장 소중하고 가치 있게 여기는 것 세 가지가 있다. 바로 일과 사랑, 그리고 연대이다. 그것들을 놓지 않을 것이다.

경쟁자가 아닌 우정어린 협업자로 서로 좋아하고 의미 있다고 여기는 일을 향해 함께 꿈꾸고 작업을 완성해 나가는 과정을 생각하면 가슴이 뛴다. 그런 네트워킹을 구축하는 삶을 살고 싶다. 그것이 내 삶의 방식이며 내 행복의 원천이다.

자신만의 삶의 방식은 끄트머리 모서리에 서 있다고 느낄 때도 그곳에 오래 머물지 않고, 더는 헤매지 않고 되돌아갈 수 있는 원지점을 찾아 줄 것이다.

마음에
온기를 품고
바라보면

《마음의 온도는 몇 도일까요?》라는 동시집이 있다. SBS 영재발굴단을 통해 문학 영재로 알려진 정여민 군이 쓴 동시를 엮은 그림 동시집이다. 어쩜 이런 글을 쓸 수 있을까 싶어 내내 감동하고 감탄하며 큰 울림으로 읽었던 시집이다. 하루에 마을버스가 세 번밖에 다니지 않는 작은 시골 마을은 암 투병 중인 엄마를 위해 여민이네 가족이 선택한 보금자리이다. 그곳에서 바라보는 모든 것들은 시가 된다. 바람도, 아기 별도, 옆집 할머니의 모습도, 나무 향기도 모두 시가 되어 12살 소년의 세상으로 들어가게 해준다.

이 시집의 제목 그대로 우리의 마음 온도는 몇 도일까?

한 기관에서 그것을 조사한 적이 있다고 한다. 한국인의 마음 온도는 한겨울 날씨처럼 매우 춥다. 생각만 해도 얼어붙을 만큼이나 추운 영하 14도이다. 그렇다면 따뜻한 세상이 되기 위해 제일 필요한 것은 무엇일까? 그 물음에 가장 많은 사람이 답한 낱말은 '배려'였다. 배려의 사전적 의미는 도와주고 보살펴주려고 마음을 쓰는 것이다. 한자어로 풀어 해석해보면 짝 '배'에 생각할 '려' 자를 써서 내 짝꿍처럼 다른 사람을 생각하는 것이다. 그렇기에 배려는 존중이고 사랑이다.

최근 몇 년간 패션 전문 사전에 등재된 단어 중에 TPO라는 용어가 있다. TPO는 영어 단어의 약자로 T(시간, time), P(장소, place), O(상황, occasion)의 머리글자이다. 옷을 입을 때는 이 세 가지 요소를 반드시 고려해야 함을 강조하기 위해 생긴 말이다. 회사에 출근할 때, 집에서 잠잘 때, 장례식에 갈 때, 파티에 참석할 때 그에 따른 옷차림이 각기 다른 것처럼 시간과 장소, 상황에 맞게 옷차림을 한다는 의미인데 나는 이것이 배려의 또 다른 이름이라는 생각이 들었다. 상대의 기분을 생각하고 시간과 장소에 맞는 격식을 갖추고 상황을 고려할 때 그에 꼭 맞는 마음가짐도 생겨나는 법이기 때문이다.

《배려의 말들》이라는 책을 보면 그 책의 앞표지에는 이렇게 쓰여 있다. '마음을 꼭 알맞게 쓰는 법.' 책 제목보다 부제목이 더 맘에 들어서 한참을 들여다봤다. 도대체 마음을 어떻게 써야 꼭 알맞게 쓰는 걸까?

그게 정답인 것 같은데 상대에게 꼭 알맞게 쓰는 게 어렵기만 하다. 잘못된 배려는 오히려 독이 되기도 하기 때문이다. 나는 배려인데 상대방에게는 귀찮음이나 불편함이 될 수 있으며 때론 불쾌함까지 유발할 수 있으니 참으로 쉽지 않은 일이다. 또한 내가 애써 생각한다고 해서 한 배려가 무시당하거나 인정받지 못할 때 오히려 그로 인해 갈등이 생기기도 한다. 그래서 마음을 꼭 알맞게 써야 할 때 나는 이 세 가지 TPO를 다시금 생각한다.

예전 우리 집 앞마당에는 큰 감나무가 있었다. 해마다 늦가을이면 홍시가 주렁주렁 열리고 아빠가 감을 따오시면 엄마와 할머니는 그것을 땅속 깊이 묻은 장독대에 하나씩 정성껏 담아 두셨다. 긴긴 겨울밤 그 서리 내린 장독대에서 꺼내 온 차갑고도 달콤한 홍시 맛을 아직도 나는 기억한다. 그리고 까치가 먹을 감 두어 개는 남겨두고 따야 한다고 하시던 할머니의 말씀도.

누구를 생각하는 마음이란 것이 그런 것이 아닐까 싶다.

상대를 배려하는 행위는 행복감을 높일 수 있다. 왜 그럴까. 상대를 존중하고 사랑하며 베푸는 말과 행동은 오히려 그것이 자신을 향한 존중이 되기 때문이다. 아이들에게 질문을 해본다. 배려하면 뭐가 좋을까?

아이들의 답은 너무도 명쾌하다. '나도 배려받을 수 있어요!'

좋아하는
일과
잘하는 일
사이에서

세상의 기대치와 현실 사이의 괴리감이 커질 때쯤 좋아하는 일과 잘하는 일 사이에서 갈등할 때가 있다. 내가 좋아하는 일이 내가 잘할 수 있는 일이면 참으로 좋을 텐데 그것이 같지 않을 때 우리는 좌절하기도 하고 번뇌에 빠지기도 하며 괴로워한다. 특히 젊은 친구들일수록 자신의 진로와 직업에 대한 두려움 속에서 가지 않은 길에 대한 동경 혹은 지금 가고 있는 길에 대한 회의를 반복하곤 하는 것을 보게 된다. 둘 사이의 교집합을 찾으면 좋겠지만 그것이 그리 쉬운 것만도 아니다.

그런 고민을 하는 친구들을 보면 설사 정답이 아니라고

반박당할지라도 꼭 하고 싶은 말이 있다. 바로 워런 버핏이 이야기했던 '능력의 범위'이다. 능력의 범위 안에 머무는 것과 그곳을 벗어나는 것이야말로 우리가 삶을 살아가는 데 있어 가장 큰 차이를 만들게 된다. 내 삶을 성장시키고 확장할 수 있는 길은 바로 여기 '능력의 범위' 안에 있다.

롤프 도벨리의 책 《불행 피하기 기술》에서 투자가 찰리 멍거는 이렇게 말한다.

'당신의 재능이 어디에 있는지를 알아야 한다. 능력의 범위 밖에서 행복을 추구하면 성공할 수 없다.'

우리는 세상의 모든 분야를 알고 있지 않으며 모든 분야에 월등한 능력을 보여줄 수도 없다. 하지만 남들보다 조금은 수월하게 할 수 있는, 조금은 더 빨리 습득할 수 있는 우월한 부분을 누구나 하나쯤은 가지고 있다. 그 하나가 바로 워런 버핏이 이야기한 능력의 범위이다. 성공의 기준은 사람마다 다르기에 딱히 정의하긴 어려우나 보편적인 기준에서 놓고 보면 자신이 가지고 있는 능력의 범위 안에서 행복을 추구해야 한다는 말은 진리에 가깝다고 생각한다.

좋아하는 것과 잘할 수 있는 것은 엄연히 다르다. 좋아하는 것을 열심히 하면 결국엔 잘하게 된다고 주장하는 사람들도 있지만, 그렇게 되기까지의 견뎌야 하는 시간과 인내,

그리고 노력이 그리 만만치 않다. 오히려 그 열심에 지쳐 좋아하는 일마저 멀어질 수 있다.

잘할 수 있는 것을 지속하여 열심히 하다 보면 어느 순간 기대 이상의 성과가 나오고 그로 인해 그 일이 즐겁고 좋아하게 되는 단계까지도 이를 수 있는 경우가 훨씬 더 많다고 생각한다. 일에서 나오는 충족감까지 느끼면 더 나아가 일도 놀이처럼 재미있어지게 될 수 있다. 좋아하는 일은 덤처럼 남아 있으면서 말이다. 놀면서 생계를 유지한다는 것은 정말 근사한 일이다. 일이 지겨운 밥벌이가 아닌 행복이 되는 순간이다.

반면 좋아한다는 이유만으로 자신이 가진 능력 범위 밖의 일을 하게 되면 성과는 나오지 않고 그로 인해 어느 순간 지치고 좌절하게 되는 일이 반복될 것이다. 모든 일에는 시간의 힘이 필요하다. 능력의 범위 안에 있으면 그 시간의 힘에 기댈 수 있다. 나 역시도 그 시간의 힘에 기대어 걸어온 시간이 꽤 길었다. 그러나 능력의 범위 밖에 서 있다면 버틸 수 없게 될 것이다. 지속적으로 유지하며 가능케 하기가 어려워진다. 그렇기에 능력의 범위 안에서 들이는 시간이 능력의 범위 밖에서 들이는 시간보다 백 배 이상 소중하다고 많은 사람들이 말하는 것이다. 우리는 노력하는 삶에 대해 강조하고 그 중요성에 대해서 잘 알고 있다. 그러나 그 노력도 재능 위에 얹어질 때 빛을 발한다.

춤추는 것을 좋아한다는 이유만으로 전문 댄서가 될 수 없다.

음식 먹는 것을 좋아한다는 이유만으로 전문 요리사가 될 수 없다.

스포츠를 좋아한다는 이유만으로 프로 선수가 될 수 없으며,

그림 그리는 것을 좋아한다는 이유만으로 모두 화가가 될 수 없다.

똑같은 레시피를 앞에 놓고 요리해도 그 맛은 천지 차이가 난다.

세상은 정글과도 같고 휘몰아치는 태풍과도 같은 곳이라고 말한다. 그 한가운데 서서 살아가는 삶이 쉽지는 않다. 그러나 정글 속에서도 보드라운 풀숲이 있고, 태풍이 휘몰아칠 때도 미풍이 부는 곳이 있다고 한다. 그곳이 바로 워런 버핏도 이야기한 자신이 가지고 있는 능력의 범위이다. 잘하지 못하는 것, 그 백 가지를 덮고도 남을 수 있는 것은 바로 잘하는 것 그 한 가지를 찾는 것이다. 그것이 정글 같은 세상에서 가장 먼저 해야 할 일인 것이다. 그것을 찾

아 능력의 범위 안에서 살아갈 때 비로소 좋아하는 일도 할 수 있는 여유가 생기는 것이다.

노력도 재능 위에 올려진다면 더 반짝이는 빛을 발할 것이다. 그러니 잘하는 일부터 시작해 보는 건 어떨까. 그 잘하는 일이 가슴 뛰게 좋아하는 일이 아닐지라도 거기서 기쁨을 찾고 의미를 발견하고 성과까지 얻게 된다면 내 삶에 단단한 저력이 되어줄 것이다. 어느 순간 그토록 바라던 자유가 주어지고 정말 하고 싶은 일을 맘껏 하게 되는 여건과 상황이 올 것이다. 그때까지는 일단 지금 잘할 수 있는 일부터 해보면 어떨까.

밥벌이에는 귀하고 천한 것이 없다. 소중한 나를 먹여 살리는 일이다. 실로 숭고한 행위가 아닐 수 없다. 무엇이 되었든 나를 먹여 살리는 일에서부터 시작해야 한다.

**10월의
단풍나무**

묵묵히 또 그렇게 한 철을 버틴 네가
붉디붉은 빛깔로 너의 몸을 드러낼 때
나는 쓸쓸히 그 안에 몸을 숨긴다.

가장 황홀한 붉음으로 너의 몸이 물들어 갈 때
곧 버려질 너의 잎사귀를 보며
함께 버려야 할 나의 잎사귀를 찾는다.

홀연히 떨굼으로 다음 생을 준비하는 네 앞에서
어두운 심연에 홀로 웅크리고 있던 나의

시행착오들을 하나씩 꺼내 본다.

화려하게 타오르는 순간 모든 걸 버리는 너와 함께
나 또한 아낌없이 버리고 떨구어 내야 할 나의 것을 찾는다.

다시 살기 위해
다시 꽃 피우기 위해
연연히 살아난 마음 한 잎 끌어안고 가장 뜨거운 순간
나는 세상에서 가장 붉게 타오르는 단풍나무가 된다.

모 아니면 도, 아니 그보다 걸

설날이면 윷놀이를 즐겨한다. 민화투밖에 모르시는 어르신들과 고스톱만 치는 중년의 남자들, 그 사이에 있는 아이들까지 3대가 함께 즐기기엔 윷놀이만 한 게 없다.

4개의 윷가락을 가지런히 모으고 말을 윷판 위에 올려놓고 도, 개, 걸, 윷, 모를 따라 말을 움직인다. 대부분 윷이나 모가 나오기를 바라고 나 역시도 언제나 힘차게 '윷이다'를 외치며 윷가락을 높이 던진다. 그러나 번번이 제일 많이 나오는 건 '걸'이다. 그럴 때면 아쉬움에 저절로 탄식이 나오곤 한다.

흔히 하는 말 중에 '모 아니면 도'라는 말이 있다. 익히 알고 있듯이 대박이거나 쪽박이라는 뜻이다. 중간은 없다. 선택의 결과가 매우 좋을 수도 있고 매우 나쁠 수도 있으나 좋을 것이라는 데 기대를 걸고 과감하게 내리는 결정이다. 때로는 무엇인가 결정하기 어려운 선택의 기로 앞에 서 있을 때가 있다. 그럴 때 긍정에 무게를 두고 과감하게 '모 아니면 도'를 외치기가 그리 쉽지만은 않다. 더욱이 젊음에서부터 조금씩 멀어져 간다고 느끼게 되는 나이가 되면 더욱 그렇다. 경험이 머릿속에 저장된 것만큼 해보지 않은 도전은 두려움을 동반하며 새로운 가능성을 차단한다. 모 아니면 도를 외치지만 도가 나오길 바라는 사람은 없다. 내 인생에도 한 번쯤은 나올 법한 '모'를 꿈꾸며 치열한 몸짓으로 승부를 건다.

나 역시도 '모 아니면 도'를 외치며 때론 과감히, 때론 될 대로 되라며 어려운 결정 앞에서 선택의 윷가락을 던지곤 하였다. 그러나 되돌아보면 윷이나 모보다 '걸'을 더 많이 만났다. 걸이 좋다. 성공한 위너를 꿈꾸며 한 판에 거는 승부보다 다리를 놓고 갈 수 있는 '걸'이 나는 좋다. 세 칸씩 가는 것이 지루해도 그 많은 '걸'이 모여 모에 다다르기도 하고 때론 말판 위에서 기다리고 있던 말을 업어가기도 하였다.

최상은 아니어도 중간은 했다는 안도감과 두 칸만 더 가면 모가 기다리고 있다는 희망을 주는 '걸'이 내겐 즐거움이고 평화였다.

'걸'과 다르게 나를 늘 긴장시켰던 것은 빽도다. 빨리 달려야 하는 승리하는 판에서 한 칸 뒤로 물러나야 하는 빽도를 만나면 한숨을 넘어 비명까지 나오곤 한다. 하지만 때로는 '모'만큼이나 양쪽에서 환호성을 받는 게 빽도이다. 꽝이 되기도 하지만 때론 아닐 수도 있다. 빽도는 이처럼 새로운 기회가 되기도 하고 오히려 더 빨리 도착점에 다다르게도 해준다. 그러니 지금 내 삶이 걸밖에 안 나온다고, 빽도를 던졌다고 해서 실망할 필요 없다. 조금 뒤로 갔다고 해서 낙오자가 되는 건 아니다.

승부는 끝날 때까지 끝난 게 아니며 그 누구도 앞에 나올 결과를 예측할 수 없다. 그러니 걱정하지 말고 신나게 윷을 던져보자고 스스로 속삭인다. 윷놀이 같은 삶을 즐겨보자고. 내게 주어진 것들에 감사하고 즐기다 보면 결국 종착지에 다다르고 말은 나게 되어 있다.

**너는 커서
뭐가 될래**

어느 웹툰 작가의 작품이 여성 혐오 논란으로 지면을 뜨
겁게 달군 적이 있다. 그의 연재 중단을 요구하는 시위가
네이버와 MBC 본사 앞에서 열리고 청와대 국민청원에까지
등장했다. 그러더니 급기야 동료 작가가 창작과 표현의 자
유를 내세우며 예술보다 젠더에만 초점을 맞춘 것을 비난
하였다. 검열과 내부 총질이라는 말로 논란에 불을 지피는
것을 보며 궁금해서 기사를 검색해 보았다.

스펙도 없고 능력도 없고 심지어 유혹에 능한 것처럼 묘
사된 여주인공은 작품에서 논란이 되었던(성 로비와 접대를 암
시한 것처럼 보인다는) 그 장면 이후 인턴에서 정직원이 되었다.

그리고 문제가 된 또 하나의 문장.

'열심히 한다고 되는 게 아니다. 학벌이나 스펙, 노력 같은 레벨의 것이 아닌… 그녀의 세포 자체가 업무를 원하고 있었다.'

그것의 진위 여부를 놓고 갑론을박하는 기사들을 접하며 어느 쪽의 옳고 그름을 판단하기 이전에 이런 불편한 상황 뒤에 아직도 우리 사회에 존재하고 있는 여성에 대한 편견과 유리천장에 대한 안타까운 마음이 먼저 들었다.

알파 걸은 많지만 알파 우먼은 드물다. 그 언어조차도 생소하다. 사회로 진출하는 순간 여성의 승진과 지위 상승이 어려운 이유가 바로 시야에 드러나지 않는 유리천장이 곳곳에 존재하기 때문이다. 눈에 보이지 않아도 현실적으로 존재하는 이 장벽을 부수기 위해 이미 유럽의 몇몇 국가에서 유리천장을 없애기 위한 구체적인 일들을 하고 있듯이 우리도 이를 적용하고 법과 제도 안에서 지키려는 노력이 더 많이 필요한 시점이기도 하다.

남매를 키우는 나 역시도 아들과 딸을 늘 공평하게 키웠다고 생각했지만 오랜 시간 은연중에 내재되어 있던 유교적 관념이 꿈틀거리며 가로막은 적은 없었는지 돌아본다. 자신이 가진 꿈이 불합리한 사회구조와 인식으로 가로막히기를 원치 않는다. 진정으로 도전해보고 싶고, 알고 싶고, 걷고 싶은 그 길이 어떤 편견과 선입견, 제도에 막히지 않고 걸어 나갈 수 있는 곳에 살기를 바란다.

《앤티야, 커서 뭐가 될래?》라는 제목만 봐도 웃음 짓게 만드는 그림책이 있다. 부모라면 누구나 한 번쯤은 '얘는 대체 이다음에 커서 뭐가 되려고 이러냐'라며 한숨 섞인 탄식을 아이들에게 해 봤을 법하다.

흙덩이를 옮기지 못하면 풍뎅이라도 옮기면 된다고 생각하는 사고뭉치이며 말썽꾸러기인 작은 개미 앤티는 의욕이 넘쳐 문제도 많이 일으키지만 세상의 모든 것이 궁금한 호기심 많고 너무도 사랑스러운 조그만 개미이다. 자신과 세상에 대한 용기와 사랑으로 스스로 좌절을 이겨내며 마침내 멋진 여왕개미로 거듭나는 열정 많은 눈부신 개미 앤티를 나는 사랑한다.

난 좋은 여왕이 될 거야. 말이 많아서 좀 시끄럽고, 길 찾는 데는 별 재주가 없고, 가끔은 혼자 설쳐서 일을 망칠 때도 있지만 용감한 아가들을 많이 낳아서 튼튼한 나라를 만들 거야.

– 김서정, 《앤티야, 커서 뭐가 될래?》 중에서

어둠 속에서도 반짝이는 빛을 발견하기 위해 동그란 눈을 더 크게 떠본다. 어려움 속에서도 존재하는 희망을 찾기 위해 동동거린다. 호기심 가득한 마음으로 무엇인가를 끊임없이 시도해 보는 내 모습이 아직도 다 자라지 못한 조그만 개미 앤티와 영락없이 닮았다.

앤티처럼 나는 오늘도 부지런히 삶을 가꾸고 일구는 열정 가득한 개미이다. 설사 여왕개미가 아닌 일개미로 끝난다고 할지라도 가장 나다운 방법으로 나의 자리를 만들어 가고 있다. 원초적 욕망에 솔직하고 자유 의지를 담은 삶 속에 튼튼하게 자신만이 보여줄 수 있는 세계를 구축해 가는 것이 내가 생각하는 진정한 알파 우먼이다.

오십이 넘었음에도 나는 아직도 계속 크고 있다. 그렇기에 내가 커서 뭐가 될지 사뭇 진지하게 궁금하다. 살아온 날과 살아갈 날의 정중앙에 서 있는 나이이다. 스스로 멈추지 않는 한 가능성은 늘 열려 있다. 혼자 슬며시 나에게 물어본다.

"너는 커서 뭐가 될래?"

50의 우아한 수다

초판 1쇄 인쇄 · 2022년 1월 20일
초판 1쇄 발행 · 2022년 1월 27일

지은이 · 홍선희
펴낸이 · 천정한
펴낸곳 · 도서출판 정한책방

출판등록 · 2019년 4월 10일 제2019-000036호
주소 · (서울본사) 서울 은평구 은평로3길 34-2
         (충북지사) 충북 괴산군 청천면 청천10길 4
전화 · 070-7724-4005
팩스 · 02-6971-8784
블로그 · http://blog.naver.com/junghanbooks
이메일 · junghanbooks@naver.com

ISBN 979-11-87685-61-6 (03810)

|||||||||||||||||||||||||||||||||||||||||||||||||||||||||||||||||||||||||||

5 0 의   우 아 한   수 다